JN224869

桜風堂夢ものがたり2
―時の魔法―
村山早紀
PHP研究所

桜風堂夢ものがたり2　時の魔法　目次

Oudo stories contents

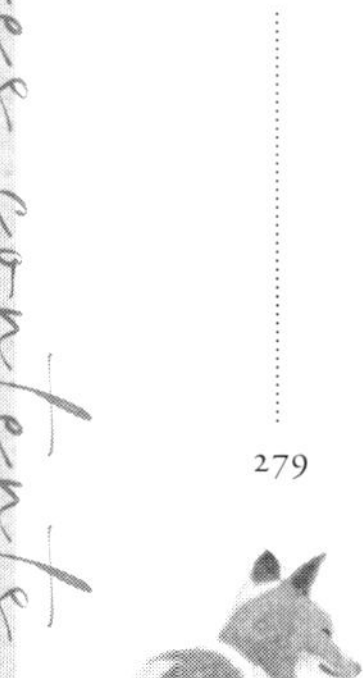

装画／本文イラスト　げみ

装丁／目次・登場人物紹介デザイン　岡本歌織（next door design）

月原一整（つきはらいっせい）　桜風堂書店店長。山間（やまあい）の町にある小さな書店の再生に取り組む。元銀河堂書店文庫担当。

桜風堂元店主（おうふうどう）　明治時代から続く店を一整に託す。

透（とおる）　桜風堂書店元店主の孫。本好きな、利発で優しい少年。

沢本来未（さわもとくるみ）　桜風堂書店二階のコミック、児童書、参考書の担当。美大休学中の漫画家の卵。毬乃の妹。

藤森章太郎（ふじもりしょうたろう）　桜風堂書店一階担当兼音楽喫茶「風猫」のオーナー。一流出版社を早期退職。

沢本毬乃（さわもとまりの）　桜野町の文房具店の主人。本職は染織家。

卯佐美苑絵（うさみそのえ）　銀河堂書店児童書、絵本担当。内気だけれど天才的な画才がある。

三神渚砂（みかみなぎさ）　銀河堂書店文芸、文庫担当。若きカリスマ書店員。苑絵とは幼馴染み。

柳田六朗太（やなぎたろくろうた）　桜風堂書店が属すチェーン店、銀河堂書店の店長。

音也（おとや）　透の友人。天才ヴァイオリニスト。著名な音楽一家の末っ子。桜野町の観光ホテルに住む。

林田楓太（はやしだふうた）　透の友人。元デザイナーの父が経営しているペンションは休業状態。

卯佐美茉莉也（うさみまりや）　苑絵の母。世界的な子供服ブランド会社の社長。元アイドル。

高岡　源（たかおかげん）　大人気「紺碧の疾風」シリーズの著者兼デザイン会社勤務の営業職。

蓬野純也（よもぎのじゅんや）　見た目と知性と才能に恵まれた売れっ子作家。一整の従兄（いとこ）。

アリス　桜風堂書店の賢い三毛猫。

船長　桜風堂書店の年齢不詳の白い鸚鵡（おうむ）。

第一話　優しい怪異（かいい）

月原一整（つきはらいっせい）が、その見知らぬ少女を初めて見かけたのは、山間（やまあい）の桜野町（さくらのまち）に梅雨（つゆ）の雨が降り始めた時期の、ある黄昏時（たそがれどき）のことだった。

その日は桜風堂書店（おうふうどうしょてん）の店休日で、彼はひとり、本の発注やら棚や平台（ひらだい）の手入れやら、細々（こまごま）とした仕事をしながら、開業間近のブックカフェのメニューを改めて考え直したりしていたのだった。

そう、一整が桜風堂書店を引き受けようと決めたとき、店を続けて行くために考えた、店内で開業する小さなカフェは、ついにこの夏、七月にその日を迎えようとしていた。この梅雨が終わり、空が青く晴れ、入道雲（にゅうどうぐも）が浮かぶ頃には、その店はささやかに、けれど華（はな）やかに開店しているはずだった。

当初考えていたよりも遅めのオープンになったのは、いまや名実ともに店の責任者である一整にとって初めての異業種の準備や勉強が必要だったことの他に、思い切って、一階フロアの一部を大きく改装したからでもあった。正面玄関右横の辺(あた)りの壁を壊(こわ)し、店の面積を広げた。半ば温室のような、大きな出窓と天窓、ガラスの扉(とびら)を持つ空間を新しく作った。そこにカフェスペースを置くようにしたのだった。

日の光が入る、明るいその空間は、例(たと)えば読み聞かせやサイン会などのイベントにも使おうと考えていた。いつかの合同サイン会のような大規模なものではなく、こぢんまりとしたトークショーのようなものならば、立派に開催(かいさい)できるだろう。

元々店の面積にはゆとりがあり、本棚を多少整理したり移動させたりすれば、カフェスペースをそのまま作れそうではあったのだけれど、それをすれば居心地の良い空間にはならないような気がした。買ったばかりの本を手に飲み物を楽しんだり、友人や家族、あるいはここで初めて出会ったひとびとと会話を交わしたり。ゆっくりと時間を過ごしてもらうためには、もっとゆとりのある空間が欲しかった。

また、以前からのこの店の常連(じょうれん)である、本を愛するひとびとに、カフェスペースのために本の数が減った、とか、棚と棚の間が狭くなって本を探しづらくなった、などなどの、寂しい思いもしてほしくなかった。お客様みなが嬉(うれ)しく楽しくなるような、喜んでもらえるような改装にしたかった。

桜風堂書店の建物の周りには、広い中庭や前庭、立派な庭がある。元の店主や透(とおる)とも相談した上で、思い切って、店の面積を広げるための改装に踏み切ったのだった。

改装のための資金は、桜風堂書店が属するチェーンである、銀河堂書店がほぼ全額を負担してくれた。銀河堂書店に、そしていまは亡きオーナー金田に、一整は深く感謝し、かかった金額に見合うだけの売り上げをきっと出そうと心に誓った。そして何より、あの夜聞いた金田の願いの通りに、この地に書店の灯火をたやすまいと、改めて誓ったのだった。

改装後、新しく出来た大きな窓の外は、いま、夕刻の紫陽花の花のような色の光に満ち、そこに銀の針のような雨が静かに降りしきる。かすかな雨音に混じって、遠くに寄せる波や風の音のような響きの優しい音楽が鳴っているのは、地元桜野町に住んでいる、まだ十代のミュージシャンが作った曲だ。

一整は、地元のラジオを聴いていないときは、配信された彼の曲を、店内で再生していた。この町の光と空気を感じるような、優しく柔らかい音色で、店に流れていると、落ち着くのだ。

店には彼の手作りのＣＤも置いていて、この店のお客様たちや、たまに訪れる旅行者たちに少しずつ売れていったりする。彼は彼で、YouTube やＳＮＳで言葉少なに桜風堂の紹介をしてくれたりもして、それで遠方から来店があったりするので、持ちつ持たれつの楽しい関係でもあった。たまに学校の帰りに、友人たちと店に来てくれることもあって、そんなときの彼は普通の高校生に見える。

楽しい関係といえば、店内のそこここに飾っている小さな額に入った木版画の絵葉書も、町で暮らしている木版画家の作品だ。彼女は最近町に移り住んできた人物で、ある日たくさんの見本を持って、ふらりと売り込みに来た。無口で愛想のない人物だったけれど、本や本棚をモチーフにした版画はどれもあたたかみがあってとても良かった。本がある場所が好きなのだという。彼女が手製の額に版画を額装したものを数枚店内に飾り、絵葉書として印刷したものをレジ横で売ることにした。

常連のお客様たちに、版画は好評で、絵葉書の売れ行きも良いので、桜凰堂書店のブックカバーと栞を彼女に発注して、刷ってもらうことにした。出来上がったのはこの店と桜の花、それに猫のアリスをあしらったブックカバーと栞で、どれもお客様に大好評だった。カバーと栞が欲しいから、と、本を買って行くお客様が続出したほどだ。

桜凰堂書店オリジナルのブックカバーは以前からありはしたのだけれど、記載されている電話番号が昔といまとでは桁数が違っていたりして、使うに使えなかったらしい。老いた元店主は、愛らしいブックカバーが刷り上がってくると、目を輝かせ、紙の匂いを楽しみ、抱くようにして喜んでくれた。

うつむきがちな版画家は、自分の作品が喜ばれたことを言葉少なに喜び、数日後、「これはおまけです」と、町内の手書きの地図を刷って、持ってきてくれた。手書きの温かみとペーソス、思わぬ発見に満ちたその地図は、店の入り口にいつも置いて、無料で配布している。最近では許可を得て、商店街の他の店でも置かせてもらうようになった。

店内には、気がつくと少しずつ、地元のひとびとの作ったものが並べられ、増えてきていて、それがこの店に新しい風と光を運ぶようだった。以前から、夏にはアイスクリームやラムネ、冬には焼き芋を売ったりしてはいたのだけれど、一年を通して本以外のものを本格的に置くのは、これが初めてのようだった。

元の店主は、店が明るくなった、お客様も喜んでくださる、と、一整に感謝してくれた。

「こういうこともしたかったのだけれど、気持ちにゆとりがなくて、手が回らなかったんですよ。本を何とか並べるだけで、精一杯で」

一整にしてみれば、前の大きな書店に勤めていたとき、地元の商店街や店の入っている百貨店と店長との交流があり、地元や百貨店ゆかりのさまざまな品を店内に置いていた、その記憶もあって自然にしていたことだった。

けれど、たしかに、本だけを置いているよりも、いろんな客層が店を訪れるようになった。本は買わずに帰って行くひとびともいたけれど、訪れてくれるだけでも、ひとの気配がありがたかった。それに、そのときは買わずとも、次に来店したときは本や雑誌を買って帰り、それ以降、常連客となったり、友人知人をつれてきてくれるひとびともいた。

書籍以外のものを置くということは、そのぶん、本を並べるためのスペースが削られるということではある。この店の常連である、本を愛するひとびとをないがしろにしないように、そこは気をつけて、並べ方や飾り方の工夫で、そうと意識させないようにした。

本以外のものを置く、という意味では、これから始まるカフェはその集大成のようなもので、かつ、その売り上げと集客能力は今後のこの店の未来を左右するものだった。

オープンの日が近づくにつれ、一整は緊張で胃の辺りが心許なくなることもあった。自分が頑張りさえすれば、頑張らなくては、と思うけれど、カフェの経営は未知の経験で、どれほど準備や勉強を重ねても不安になる。

そんなときは、桜風堂書店の一階フロア、特に人文の分野に詳しい書店員であり、この町の音楽喫茶のオーナーでもある元編集者、藤森章太郎が、背中を叩いてくれた。

「ま、なんとかなるさ。大切なのは、店を背負う覚悟と、勇気を出し、顔を上げて走り出すことさ。信念を持って前に進めば、きっとみんながついてくるものさ」

二階フロアのコミック担当で児童書、参考書を勉強中の若き書店員、沢本来未も、明るい笑顔で、

「わたし、看板娘とかやっちゃいますから」

といいながら、恥ずかしくなったのか、小さな声で、えへへ、と笑った。

メニューをどうするか、食材をどこでどう入手するか、それには藤森が知恵を貸してくれた。顔が広く、誠実な彼は、農家や牧場のひとびととともやりとりがあった。また彼は地元の商店街の顔役のひとりでもあり、そういう意味でも、守護神のようにとことん頼りになった。

美大休学中で漫画も描ける来未は、パソコンを駆使して、イラストや写真をセンス良くあしらった、美麗なメニューやちらしを作ってくれた。もともとカフェメニューが好きで、都会にいた

学生時代、飲食のアルバイトをしたこともあるそうで、カフェに必要そうな小物を準備するとき、楽しげにアドバイスをしてくれた。

　ふたりとも、ブックカフェの開業を楽しみにしていて、もちろんカフェスペースの仕事もいまの書店の仕事とともにこなすつもりでいてくれる。このふたりが桜風堂にいることが、どれほどありがたく、心強いことなのか、一整は日に何度も感謝し、噛(か)みしめていた。

「当然、ぼくも手伝いますからね?」

　カフェの話をしていると、前の店主の孫、料理が上手(じょうず)で聡明(そうめい)な透も、さりげなくその場に加わることが多かった。中学生になった少年は、最近、目に見えて背が伸び、大人びてきた。透がいうには、彼の小学校時代からの友人ふたりも桜風堂書店の大ファンなので、カフェの開店で忙しくなるなら、ここはひとつ、と、手伝うつもりでいるらしい。腕まくりをしているような様子でいるとか。

　透の足下で、三毛猫(みけねこ)のアリスが顔を上げて、ものいいたげに一整を見上げる。窓辺の止まり木では、鸚鵡(おうむ)の船長が、白い両の翼と、頭の冠(かんむり)を広げるようにした。

『トーゼン、ボクモテツダイマスカラネ』

「ありがとう。もちろんあてにしてるよ」

　一整は笑う。心底楽しくて。

　鸚鵡に会釈(えしゃく)し、三毛猫の頭をなで、以前ほどには、身をかがめなくても視線が合うようになった透の肩にそっと手を置いて。

ひとりではないということは、なんてありがたく、楽しいことなのだろうと思う。

いまは遠い昔に思えるような、この町に来るまでの日々、凍てつくような心で、ひとりきり生きていた頃のことが、夢の中の出来事のように思えた。


思いをめぐらせながら、ひとり店内を歩いていた一整は、ふと足を止め、届いたばかりのつややかな木のカウンターやテーブルが並ぶ店内を眺めた。もうじきに迫った七月の開業を前にして、埃をかぶらないように布をかけた真新しい什器からは、木の良い香りが漂っていて、それが店内の本たちや、壁に造り付けた背の高い棚に並べたいくつもの缶や瓶――そこに入ったコーヒー豆や紅茶の葉、香草やスパイスの香りと混じり合って、懐かしく柔らかな匂いが辺りに立ちこめていた。

これら什器類は、町の古い木工店に頼んで、手ざわりの良い、美しいものを特注でこしらえてもらった。いまの桜風堂書店にとっては、やや釣り合わない、贅沢な投資といえないこともない予算で、その金額を告げたとき、元の店主はわずかに心配そうな表情になった。

けれど、これだけは、と、一整は頭を下げ、自分の貯金からの支払いにした。彼の幼い頃に亡くなった父親の生前の夢が、本をたくさん置いた喫茶店を経営することであり、父の残した財産を含む一整の貯金を使うことは、供養にもなるような気がした。父はきっと喜んでくれるだろう。

桜風堂書店を引き継いだときも、店を背負う責任を持つと心に決めたけれど、一整は自分の発案でカフェを開く以上、この先、どんな困難があろうと絶対に後には引かず、工夫を重ね、諦めずに経営を続けるつもりでいた。恥ずかしくないレベルの美しい什器を揃えたのは、あえて迷いを断ち、退路を断つような、そんな想いもあってのことだった。

ここ数日、そういったものたちがひとつまたひとつと出来あがってきていて、小さなトラックで届く。職人さんたちがにこにこの笑顔で運んでくれて、輸送用の箱から出して、店内に置くところまでしてくれるのは、嬉しくもあり申し訳なくもあった。けれど、彼らにしてみれば、大切に造ったテーブルや椅子が、どんな風に置かれ、使われるのか、確認できるのも嬉しいことらしかった。

「うちの家具は、正直な話、やや高めの価格設定にしているのですが、その金額に釣り合うような、わかるひとにはわかる素晴らしい品物ばかりだと自負しています。なので、遠くからもよく注文が来ます。ええ、はるばる海外からもです。それはありがたいんですが、店から送り出せば、それきりさよならになっちゃいますからね。こんな風にきちんとお嫁入りさせてあげられるのは、嬉しいことですよ」

椅子の背やテーブルの角をなで、笑顔を浮かべて写真を撮るひとびとに、一整はせめて、と、淹れたての熱く美味しいコーヒーを出したりしたのだった。

桜野町は、昔から林業を営んできたひとびととのつきあいも深く、家具の製造や木工を仕事としてきたひとびとも多く住んだり出入りしたりしていた。一時期はかなり減っていたらしいのだけれど、ここ数年は町長の施策も効いて移住者が多く、その中には、都会から移り住んできた、木工を志すひとびともちらほらといて——実際、桜風堂にもよく、そんな若者たちが専門書を注文しに訪れたりする——一整はどうせなら、と、カフェのために必要な什器類を地元で揃えることにしたのだった。

実をいうと、送料を考えても、オンラインショップで海外の安い什器を揃えた方が、安上がりでそこそこ見栄えの良いカフェは出来あがるだろうという思いがありはした。——けれど、実際に出来あがった什器の数々を見ると、一整も、そして元の店主も、この選択が正しかったと心から思った。あとはこの美しい什器類に恥じない店を開き、美味しいメニューを用意して、お客様を迎えるだけだ。

決してたやすいことではないだろう。けれど、一整は逃げないと決めている。それなら何があろうと、カフェと書店を守っていくだけのことだった。

笑顔で手をさしのべてくれるひとびとの、その力と知恵を借りながら。

気がつくと、窓の外には夜が近づいていた。これは適当なところで切り上げないと、元の店主も透も、休むに休めないだろう。

　オープンの日が近づいて、やや神経質にあれこれと考えることの多い一整に気を遣（つか）って、ふたりがそっと見守ってくれている、その気配をよく感じていた。たぶん今夜も、静かに夕食の準備を済ませて、店舗の二階にある住居で、鸚鵡や猫と一緒に、一整の帰りを待ってくれているに違いない。

　一整は離れの部屋を借りて住んでいるのだけれど、食事はいつもみんなと一緒だった。一階のダイニングキッチンや二階の居間、ときには中庭で、店のことや町のこと、何より本について語り合ったり、たまに猫や鸚鵡の声の合いの手が入りながら食べる夕食は――もちろんその翌朝の朝食も――いつも美味しくて楽しかった。一整には子どもの頃以来、久しぶりの、家族を感じさせる大切なひとときだった。

　それに透たちも気づいているのか、食事は三人揃ってから、と決まっていた。

（今夜のおかずは何かな）

　そう思うと、忘れていた空腹を感じて、お腹が鳴った。一整は苦笑しながら、店の中を手早く片付け始め、ふと、その手を止めた。

　背中の方で、誰かの気配がする。

　箱を開けるような音も。中に入っているものをごそごそと引っ張り出し、梱包材（こんぽうざい）を開けてほどこうとするような物音も。

「――透くんかい？」

背中を向けたまま、一整は訊ねた。手伝いに来てくれたのだろうと思った。

店のそちら、元から置いてある大きなテーブルの上に、今日届いた小振りな段ボール箱がいくつか置いたままになっていた。

これも地元の陶器店や雑貨のお店に注文していた、お皿やカップ、カトラリー類だ。箱を開けて中を確認しなくては、と思いながら、今日はそこまで手が回らなかったのだ。

「透くん、ありがとう。いいよ、そのままにしておいて。明日、明るくなってから開けよう」

返事はない。

深く考えずに振り返ると、そこに、透はいなかった。ふだんよりも明かりを落とした店の中心あたりに、知らない女の子がひとり、立っていた。


幼稚園児――いや、小学一年生くらいだろうか。

ひとなつこい感じの笑みを浮かべ、梱包材にくるまれたコーヒーカップをそっと取り出して、テーブルの上に丁寧に置いた。

どこか得意そうににっこり笑うと、開けた箱を横にどけ、新しい箱を開こうとする。小さな段ボールだけれど、小さな手には扱いづらいようで、それでもできるだけ丁寧に開けようとしているのが見て取れた。

割れ物だし、勝手に開けられても困るのだけれど——。

いや、それ以前にこの子は誰だ？

「ええと、きみは……」

とっさに思ったのは、本を買いに来た子どもなのだろうか、ということだった。

店休日の札を店の戸にかけていたけれど、店内に明かりが灯っていたので、開いていると思って入ってきたのかも。

勘違いしたお客様の来店は、まあ良くあることだ。——ただ。

(見たことのない女の子だなあ)

最近、この町に引っ越してきた家の子どもなのだろうか。あるいは旅行者の子どもとか。町の住人の誰かの親戚の子どもかも知れない。夏休みにはまだ早いけれど、何かの用事があって連れられてきているのかも。

(それにしたって、もう夜なのに、何だってひとりで店に来たのだろう？)

それとなく辺りをうかがったけれど、この子の他にひとの気配はない。

一整は接客業のキャリアが長いこともあって、ひとの顔や雰囲気を覚えるのが得意だった。なので、この子を見るのは初めてだといいきれた。知らない女の子だ。この子の方ではなぜか、よほど親しい相手を見るように、明るい笑みを含んだまなざしで、にこにこと一整を見上げているけれど。

そして、一整も、この子を見ているうちに、ふと、

(――この子、知っているような気がする)

そう思えてきた。

大きな茶色い目や、えくぼのある色白の頰に、肩に掛かる、ふわふわとした茶色い髪に、たしかに見覚えがあるような気もするのだ。

知っている誰かに、似ているような。

それが誰なのか、思いだせないけれど。

(ではやはり、この町の誰かの親戚の子なのかな?)

きっと店の常連のどなたかに似ているのだ。

心の中で納得をしながら、

「いらっしゃいませ」

と、一整は女の子に挨拶をした。

「ごめんね。今日は店休日だから、お店は開いていないんだけど、何か欲しい本があるのかな?」

女の子はきょとんとした顔をした。

そして、『知ってるよ』と、いった。

『だから、お手伝いしているんだもの』

それは細いけれど、よく通る声で、その声を聴いたとき、一整はああこの声も知っている、と思った。――誰の声だろう？

誰の声に、似ているのだろう？

そのとき、鈴の音がした。にゃあん、という声と一緒に、三毛猫のアリスが、首輪の鈴を鳴らし、かろやかに店内に駆け込んでくる。

猫はそこに立つ女の子を一瞬見上げるようにして、そのまま、一整の足下へと走り寄った。後ろ足で立ち上がり、膝の辺りで爪を研ぐ。

「わあ、ちょっと待ちなさい。人間の足は爪研ぎじゃないったら。ズボンに穴が……」

一整は身をかがめ、猫の手を取った。

「迎えに来てくれたのかな？　ありがとう」

早く帰って来て、晩ご飯にしましょう、と呼びに来たのだと思った。

猫には毎日の予定の通りに人間に行動をしてもらいたがるところがある。いつも同じ時間に起きたり、食べたり寝たりしてもらえないと、心配になるらしいのだ。

だから猫は目覚まし時計のように、同じ家に住む人間を起こすし、帰宅する時間には玄関まで迎えに出る。夜には、ちゃんと眠るかどうか、そばで見守っている。夜更かしをすれば心配そうに見つめて鳴いたりする。猫がこんな風にいつも人間を案じ、見守っている生き物だと、一整は知らなかった。

そんなこんなでアリスに話しかけ、かまっているうちに、ふと気がつくと、女の子の姿が消えていた。

テーブルのそばに、つい今し方まで立っていたのに、かき消すようにいなくなっていたのだ。足音もしなかった。店の引き戸が開く音も。閉まる音も。忽然と消えてしまったのだ。

一整は、さっきまでその子がいた辺りを見つめたまま、目をしばたたかせた。猫のアリスも、一整が見つめるのと同じ方を見上げたまま、ゆっくりと首をかしげた。

（――夢見ていたわけじゃないよな？）

テーブルの上には、あの子が開けた小さな箱がひとつと、コーヒーカップがひとつ。開けかけた箱や他の箱たちと一緒に、静かに並んでいた。

それからだった。

ふとしたはずみに、一整が視界の端に、その女の子を見るようになったのは。

その子は、いつの間にか、一整のそばにいる。それは店内のこともあれば、町の中のどこかのこともあった。ひとりでいるときもあれば、町のひとたちの中に、ふと紛れていることもある。

当たり前にそこにいるので、そのときは違和感を覚えない。その子の姿が消えてから、あ、またあの子がいた、と気づくのだった。

不思議なのは、見かけるたびに、少しずつ女の子が成長してゆくように思えることだった。最初に見たときは、とても幼く、幼稚園児かせいぜいが小学一年生くらいだったはずの女の子は、次に見たときは、ほんのわずかに大きくなって見えた。もう幼稚園児ではなく、いかにも小学生らしい姿に。その次に見かけたときは、すっきりと手足が伸びて、三年生くらいに見えた。昨日見た姿は、十歳か十一歳か、どこかおとなびた姿に見えた。

さらに不思議なことに、現れるたびに年齢が違って見えるのに、見かけるごとに、ああ、あの子だと思った。別人には見えなかった。理屈ではなく、目と心が素直にそう判断する。「あの子」が大きくなっていっているのだと。

そのたびに一整は自分の目と判断力を疑ったりもしたのだけれど、もともと消えたり現れたりする、謎の女の子である。やがて「そういうもの」なのだろうと、考えることにした。——あれが幻ではなく、実在するものだとしたら、どの道、普通の女の子ではない。それならば、見るごとに姿が成長しても、おかしくはない——のかも知れない。

一日一日と日々は過ぎ、夏が、七月が近づく。気がつけば、気温が低い山間のこの町でも、紫陽花の緑色のつぼみが色とりどりに染まり、赤や青、ピンクに紫の花が開き、そこここを彩り始めていた。

歴史が古い観光の地である桜野町には、町の名の由来となった桜の木々を始めとして、さまざまな花や木がそこここに植えられ、大切に育てられている。折々に美しい姿で住民や観光に訪れたひとびとの目を楽しませるのだった。

女の子は梅雨の雨の中に、傘も差さずに立っていることもあった。濡れることも気にならないように、紫陽花のそばに立ち、楽しげに、ちょっといたずらっぽく笑いかけてくる。

そして、わずかな間そこにいて、いつの間にか、いなくなってしまう。

一整以外のひとびと——たとえば、前の店主や透には、あの女の子は見えていないようだった。なので、一整はふたりにはその子の話をしていなかった。万が一、一整の目が幻を見ているのだとしたら、そこまで疲れているのか、カフェ開業で追い詰められているのかとふたりを心配させてしまいそうで。

（お化けだったとしても、それはそれで大変なのかも知れないけど）

この頃では、その方が良いんじゃないかと開き直るように、思い始めていた。

お化けだろうと妖怪だろうと、見えてしまうものは仕方がない。そう思うと、いっそ怖くなかった。

正直な話、目前に迫ったカフェのオープンと、その先の桜風堂書店の未来に待っていそうな試練や終わらない出版不況の方がよほど恐ろしかったのと、その女の子はいつもにこやかで楽しそうで、怖い要素は欠片もなかったからかも知れない。

何しろ、いきなり現れて、またいきなり消えてしまうし、会うごとに成長してゆくこと以外は、可愛くてひとなつこいだけの、笑顔の女の子だったのだから。

（お化けか妖怪か、正体はわからないけど）

もしあれが、錯覚とかそういう幻覚でないのなら、この世界に存在する何者かなら、このまま自分のそばにいてくれてもいいのだ、と思った。

あんなに、にこにこ楽しそうなら、別にいつでも現れていい。ちょっと存在が謎なだけで、誰のことも害さないのなら、そこにいてもいい。それなら、不必要に怖がったり、追い払ったりしなくていい、そう一整は思っていた。

思えば一整は、子どもの頃から、そういった不思議な存在が登場する童話や絵本が好きだった。そのまま成長し、内外の幻想小説を読むようになっていたから、おとなになったいまでも現実とは少しだけ違う世界や、そういう領域に属する存在に憧れる自分を一整は意識している。

幻想の世界に憧れるのは、心のどこかで——子どもの頃に死に別れた家族との再会をほのかに夢見ていたからかも知れない。空想的な世界が——そこに属するさまざまな不思議や奇跡がもしも本当に存在するのなら、ひとの命は死後もきっと永遠で、いつか一整は亡くした家族と再び巡り会えると信じられるような気がしたから。

（再会に固執するわけではないけれど）

おとなになったいまでは、亡き家族のことばかり考えて生きているわけではない。ひとが生きるのはとても忙しいことで、死者を追憶するために立ち止まる時間は、あまりない。生きるとは、いまと未来の時間を、振り返ることなく進むことだから。

けれど、心のどこかで、そんな不思議があり得るかも知れないと信じていられるなら、幸せなのではないか、と一整は思う。

ひとは死んだらそれっきり、肉体とともに滅び去るだけだと思っているよりも、ずっと精神状態にいいような気がする。

寂しくなくなる。

この世界に、永遠のさよならほど悲しいものはないと思うから。たとえ実際には、遠い日に別れたひとびととの再会の日は巡ってこないとしても、その日を夢見ていられるなら、やはりささやかに幸せだろうと思うのだ。


そんな日々を過ごしているうちに、ある休日の昼下がり、時代小説作家の高岡源が、ひょっこりと訪ねてきた。

登山が趣味で健脚な彼は、今日も着慣れた登山服姿。颯爽と店に姿を現した。一整には懐かしい百貨店の地下にある菓子店の焼き菓子を、差し入れです、と笑顔で手渡してくれ、一整はありがたく受け取った。

高岡と桜風堂の間には合同サイン会の後も交流が続いている。変わらずに桜野町の住民に慕われ尊敬されてもいる。カフェが軌道に乗ったら、誰よりも先にトークショーをお願いする、そんな約束になっていた。

ちょうどお客様の姿がないタイミングで、藤森も用事で店を空(あ)けていた。一整はカフェスペースの真新しいカウンターに高岡を呼び、熱い紅茶でもてなした。小さな厨房(ちゅうぼう)も、少しずつ使い始め、練習を重ねたので、なんとか危なげなく、美味しい飲み物も淹れられるようになっていた。

高岡は紅茶を喜び、しばしふたりは、店のことや本の世界のことなど、いろんなことを語り合った。話は尽きなかった。

高岡は新シリーズを立ち上げるところだそうで、気合いを入れるために、桜風堂を訪ねてみるかと思ったのだという。

「このお店を見て、空気に触れたら、忘れてはいけない大切なことをいくつも思いだせそうで。良いものを書かなくては、と、心に誓えそうな気がしましてね」

来て良かったです、と微笑(ほほえ)んだ。

「――ありがとうございます」

一整は深く頭を下げた。

「新シリーズ、どんなお話になるのでしょうか。――あ、まだ秘密でしたら、遠慮して楽しみにお待ちしますが」

高岡は、笑いながら、大丈夫大丈夫、と両手を振った。

「そろそろ情報公開になる時期だし、きみになら、一足早く教えないと罰(ばち)が当たります。

『紺碧の疾風』から派生したような話でしてね。榊隆太郎、いるでしょう？　二刀流の。彼が主人公なんですよ」

「榊隆太郎ですか？　それはいいですね」

　榊隆太郎は、高岡の大ヒット作『紺碧の疾風』の人気キャラクターだ。メインの舞台である長屋の住人のひとりで、ふだんは寺子屋の先生をしている、優しく、子ども好きのする若者なのだけれど、実は歴史ある剣術の流派の後継者、町のひとびとの危機には先祖伝来の古の刀を振るう、二刀流の剣士なのだ。

『紺碧の疾風』のヒロインは、蘭学の医術を修めた、美しい女医美鈴。さるお方の御落胤であり、そのことは秘されているのだけれど、強く賢い彼女は多くのひとびとに慕われ、愛されていて、榊隆太郎もまた、美鈴に密かに恋い焦がれるひとりなのである。

　美鈴には両想いだけれど互いにそうと口にしない想い人がいるので、榊は自らの想いを決して表に出さず、ただ美鈴をそっと見守っている。そんな榊には女性ファンが多かった。また、シリーズに登場するキャラクターの中では、一、二を争う強さであり、寺子屋の子どもたちにとってのヒーローでもあるので、時代小説ファンの子どもたちからの人気も高い。

『紺碧の疾風』はネットで話題になり、テレビドラマ化されたものがコミカライズも進んでいるので、二世代、三世代にわたる読者も獲得できているのだった。

「榊が主人公の物語でしたら、たいそう人気が出るでしょうね」

よし、シリーズスタートの暁には、絶対にこの店でもたくさん売るぞ、と、まだ見ぬ本の姿を思いながら一整がこぶしを握ると、

「さて、どうでしょうねえ」

高岡は笑顔のまま、腕組みをした。

「せっかくの新シリーズなので、本編とは若干雰囲気を変えてみようかと思っていましてね。伝奇物風味、といいますか、ちょっとオカルト風味を加えてみようかと思っているんです。その冒険があたるかどうかは、神のみぞ知る……」

「オカルト風味、ですか――」

もともと『紺碧の疾風』は伝奇小説の要素も持つシリーズだ。巻を重ねてきた物語の中には、妖しげな異国の魔術師や、超能力者、キリシタンの秘宝なども登場してきている。忍者や陰陽師たちも、味方のサブキャラクター、あるいは敵役として、なかば常連のように登場してくる。妖怪や幽霊、西洋の吸血鬼などもさりげなく登場したことがある。

一整の見立てでは、オカルトとは相性が良いような気もするけれど……。

高岡は楽しげに語り続ける。

「ホラー風味のバディ物といいますか、新しいキャラクターとして、榊の友人に霊能力のある人物を登場させて、彼と榊のふたりで力を合わせ、怪奇な事件を解決してゆくような、そういう流れで考えてるんですよね。

その新キャラは、見た目は美青年なんですが、世間知らずでちょっと抜けている。実は正体は、訳ありで長屋住まいになった、閻魔（えんま）さまの甥（おい）でしてね。不老不死でたいそうな魔力を持っているし、お伴に子鬼も連れてるんですが、お人好しで人間が好きなんです。優しい榊は彼をほうっておけずに面倒を見る羽目（はめ）になり、やがてふたりの間には友情が芽生えるんですよ。ふたりの楽しげな会話や、微妙にずれているやりとりで、読者を笑わせたりしながら、華麗（かれい）な謎解きやアクションを描き、江戸の町の人情や、生きることの哀感にもふれてゆく、そんな感じで行こうかな、と」

なるほど、と一整はうなずいた。それはまた人気の出そうなキャラクターであり設定だと思う。特に、本来の高岡の作品の読者層よりも、より若い読者に喜ばれるのではないだろうか。

昨今、高岡作品の愛読者には若い層が増えている。特にネットで話題になり、テレビに登場するようになってからは、これまで少なかったライトな読者層も多くなっていた。おそらくはその層のフォローも考えての新シリーズ立ち上げなのだろうと一整は思う。

「わりとキャラクター文芸寄りの方向で考えてらっしゃるのでしょうか？」

「そうそう。本編よりもちょっとライトで、読み疲れしない感じですね。映像的で華やかで展開が早くて、いつか時を忘れ、読後は楽しくなるような。文章もその辺を意識して、良い意味で軽めに書いてみようと思っています。時代小説をあまり読まないひとたちでも面白く読めるようにね。そういうのにもね、一度、挑戦してみたかったんですよ。手にした読者さんに、時代小説って面白いかも知れない、と思っていただけるような作品にできたらいいな、と」

「先生でしたら、絶対面白い作品になると信じています。大丈夫に決まっています」

時代小説の読者は、もともと年齢層が高めで、年々さらに年老いてゆく。老いた目には活字を追うのが辛くなったり、書店通いが億劫になったりもして、いつかは本を読めなくなることも。するとと読者の数も減ってゆく、つまりは売り上げも減っていくことに繋がる訳なので、ジャンルが痩せ細ってしまう危険がある。

昨今はテレビの時代劇も減ってしまい、再放送される機会も少なくなって、剣戟の世界に馴染みのない層が増えたということも、時代小説には不運な流れだろう。

いまや時代小説というジャンルを支える大きな柱のひとりである高岡源としては、自分の読者数の増減だけを考えてのことではなく、ジャンル全体の未来を見据えてのこと——時代小説を読む若手読者を増やしたいという思いからの新シリーズ立ち上げなのだろう。自らの手でその世界への「入り口」を作るつもりなのだ。

一整が前のめりになって聴いていると、高岡も嬉しかったのか、上機嫌な感じで、すでに思いついている設定やらエピソードやら、第一巻の内容やらを惜しげもなく話してくれた。

「実はわたしは、怪奇小説、というか今風にいうと、ホラー小説になるのかな、がもともと好きでしてね。もっというと、お化け話やら都市伝説やらにも若い頃から心惹かれるんですよ。もしかしたら、時代小説と同じくらい好きかも知れません。たまたま時代小説の世界で認められ、そういう作家になりましたが、もしかしたら、怪奇小説家になる未来もあったかも知れませんね」

柔和な目元が、いかにも楽しそうに笑った。

「怖い話がね、とにかく大好きなんですよ」

「ちょっと意外な感じが……」

「そうですか？」

くっくっと、高岡は喉の奥で笑った。冷めたであろう紅茶を美味しそうに口にする。

一整自身も、怖い小説――たとえば、いわゆるモダンホラーは好きだといっていい。スティーヴン・キングなどは、好きな作家の名前を挙げるとしたら、十本の指の中に入ると思う。だけど、怪奇小説全般となると、好き嫌いはあって、たとえば江戸川乱歩や横溝正史あたりはじっとりと闇が深い気がして、あまり好みではないかも知れない。国内外のホラー小説とくくれる作品でも、血しぶきが上がったり、痛そうな描写があるような、いわゆるスプラッタ小説は進んで読みたくはない。もしかして、高岡源はああいった作品群をも受け入れ、愛しているのだろうか。

高岡はカウンターに頬杖をつき、いたずらっぽい目をして、いった。

「怪奇現象というのか、お化けの世界が好きなのかも知れませんね。ちょっと不思議な話とか。現実世界の中に、ふと非日常の世界への入り口があって、そこに迷いこむと、奇妙なことが起きる――あるいは、その隙間から、妖しいものたちが手を伸ばし、ときにこちらの世界へと迷いこんでくることもある。そんな妄想を特に若い頃は、よくしていたものです」

――非日常の世界……妖しいものたち――。

その言葉を耳にしたとき、あの謎の女の子のことがふと脳裏に浮かんだ。

店内に他にひとの気配がなかったこともあって、一整はついあの子のことを、錯覚だと思うんですけどね、と軽く笑いながら話した。

高岡は興味深げに話を聞いてくれた。

否定もせず、笑うこともなかった。

「それは不思議な出来事ですね」

と深くうなずき、ふと、いった。

「まるで、『ジェニーの肖像』みたいだ」

あっ、と一整は小さく声を上げた。

たしかに、ロバート・ネイサンの書いた物語とどこか似ている。

ニューヨークで暮らす、若く無名な画家とある夕方に出会い別れた、幼い少女ジェニー。天使のように愛らしい彼女はその後もどこからともなく青年のそばに舞い降りるように姿を現し、生き生きと微笑みかけ話しかけるのだけれど、不思議なことに会うごとにその姿が成長してゆく。再会するたびにおとなになってゆき、美しくなるジェニーと、青年は幾度もの出会いと別れを繰り返す。青年はいつかジェニーに恋をして、彼女の肖像画を描くのだが――。

時を超えて巡り会い続ける不思議な恋の物語は、時の流れの中で忘れられたのか、日本の書店で出会うことが難しい時期もあった。ずっと昔の本だから、一整は子どもの頃、祖父の書斎で出会い、読んだのだ。フランス人形のような愛らしいジェニーの絵があしらわれた、その箱入りの、小さな本の表紙をいまも思いだせる。

「わたしはあれを十代の頃に読みましたが、当時はちょっと画家になりたかったので、ときめきましたね。ははは」

高岡は楽しげに笑い、言葉を続けた。

「きみは、良い怪異に出会ったようですね。素敵に愛らしい、優しい怪異だ」

そんな言い方があるのかと、一整は不思議な心持ちになる。

（優しい怪異――か）

謎の女の子も、そう呼ぶと、しっくりくるような気がした。

「先生は、ぼくの話を信じてくださるんですね？」

こんな錯覚か気のせいか、疲れのせいだと片付けたくなるような出来事を。

「それはもちろん」

高岡は微笑み、自分の言葉にうなずくようにしながら、こういった。

「いままで生きてきてね、実は不思議な経験がいろいろあるんですよ。まあつまり、このわたしも、いろんな怪異と出会ってきたということです。

ないはずのものを見たことも、いないはずの誰かの声を聴いたこともある。どれもみな、錯覚だ、わたしの気のせいだで片付けることもできそうなことばかりですが——わたしは、自分の目や耳を信じることにしています。だってその方が、面白いじゃないですか。世界には謎や不思議があった方がいい」

だからわたしは、そのきみが会った女の子の存在も信じますよ、と高岡はいった。

「きみがその子を見たのなら、その子はたしかに、存在しているんです。この世界に」

さっきまで晴れていた六月の空に、大きな雲がかかったのか、窓から射す光が暗くなった。軽く叩くような音がすると思ったら、急に雨が降り出し、店の壁やガラスを軽快なリズムを刻みながら通り過ぎて行く。

それはどこか、見えない妖精たちが手を取り合って駆け抜けた足音のような、そんな響きだった。

自分と年上の客人の他は、ひとの気配がない、山里の古い書店で、物語めいたことを話し、聞いた直後の通り雨は、夢幻の世界の住人からのメッセージ——「そうよ、わたしはここにいるのよ」というささやき声のようにも聞こえ、摩訶不思議な存在が跋扈する世界へと自分が足を踏み入れていたと気づいたような、くらりとする酩酊感を一瞬は味わったのだった。

それは多少怖くはあったけれど、嫌な感情ではなかった。

むしろ、好ましい夢を見て目覚めた朝に、このままここでまどろんでいたいと思うときのような、甘やかな感覚を覚えた。

高岡源が、ふと呟（つぶや）いた。

「十代の頃です。高校生の頃、家を守るためにアルバイト生活を送っていた時期の冬に、いまのような、駆け抜けるような通り雨に遭（あ）ったことがあるのを思い出しました。雨合羽（あまがっぱ）を着て、新聞配達の途中だった、そんな朝のことでしたね。空にはまだ、大きく丸い月が浮かんでいました。氷のように冷たい風が吹く中を、月に照らされた夜明け前の世界にひとり、まだ眠っている町に向かう橋を渡っていると――どこか異界に引き込まれるような、そんな危うい気分になったのを覚えています。

それが油断に繋がったんでしょうか。そばを通り過ぎた大きなトラックに吸い込まれるようにバランスを失いました。なんとかかたて直したところを、ふいに吹き付けた強い風に煽（あお）られて、低い欄干（らんかん）を乗り越え、自転車ごと、下に落ちました」

高岡は、口元に優しい微笑みを浮かべた。

日に焼けた長い指をカウンターの上で組むようにした。ゆるゆると、物語を語るような言葉を続けた。

「冬の早朝のこと、まだ闇が漂う川原には人気（ひとけ）が無く、わたしひとりでした。冬枯れの草原の中で、しばらくの間、気を失っていたのだと思います。叩きつけるように通り過ぎた雨のおかげで、意識を取り戻しました。ふいに降りそそいだ雨粒が鼻と口に落ちて、苦しくて溺れるかと思いましたが、そのおかげで目が覚めたんです。

でもね、打ち付けたからだのあちこちが酷く痛んだのと、とても疲れていたので、まぶたをまた閉じて、このまま眠ってしまいたいと思いました。ちょっと訳ありで、とても疲れていたんですよ、その頃のわたしはね。

もうこのまま、二度と起き上がらなくても良いと思いました。短い人生だったけれど、これで終わって良い、と。

頭の片隅で、冷静な自分が考えているんです。冬の雨だ。このままこうして濡れていれば、町中でも凍死できるかも知れない。早朝の川原なんて、誰も通りかからないだろう。これで死んでも、事故だもの、家族は悲しむだろうけど、いつかは忘れてくれるだろう。たぶんわずかだけど、保険も下りるはずだ。幼い弟と妹の学費の足しにしてもらえたら。自分の分も、上の学校に進んでほしい。

その時初めて、わたしは、自分が死にたかったということに気づいたんです。そんなこと思っちゃいけないと、気づかないようにしていた、本心に気づいた。家族のために、頑張って生きていかなきゃいけないんだって、ずっと自転車を漕ぎ続けるように、前を向いて歯を食いしばっていたんだということに、そのとき、気づいたんですよね。

もう、無理だと思った。自転車はもう漕げない。疲れた。休みたい。このまま寝ていれば、永遠に休めるのかも。――そう思ったとき、手首の辺りに、誰かがふれたんです。あたたかな、水仙の花の香りがする手が。そこには、早朝の薄暗い川原には、わたし以外に誰もいないはずだったのに。

なんて、わたしの経験した、不思議な怪異のお話を、聴いてくれますか？」

「はい。わたしでよければ」

少しだけ緊張して、一整はうなずく。

目の前で笑っている、穏やかな作家の、その十代の頃に経験したという、冬の朝の出来事――自分に聴いてほしいというのなら、心して耳を傾けたい、と思った。

「そもそもは、うちの父が悪かったんです。変に器用で目端が利いて、頭も良くてね。生まれた家も良かったものだから、いろんな会社を興してはそこそこ儲け、そのうち飽きては違う事業に手を出したり、投機をしたり。大きな額の買い物が好きで、海外の名も知れぬ鉱山やら、得体の知れない掛け軸や、曰く付きの宝石や。

でもね、財産なんて、どれだけあっても使えば減ってしまう。事業に失敗することが続けば、そばにいたひともいなくなる。借金は一度ふくらむと、容易に返せない。

父はある日、失踪したんです。家族を置いて。わたしが高校二年生になったばかりの頃のことでした。打たれ弱いひとだったんでしょうね。全てを捨てて、逃げていってしまった。悪いひとじゃなかったんだけど、まあ、少しだけ無責任だったのかなあ。それっきり、縁が切れてしまいました。いまもたまにね、思い出しては、世界のどこかできっと変わらずのほほんと暮らしているんだろうなと思います。

いつも忙しくて家にいない父でしたが、家族のことは大事にしてました。それは通じてましたね。いない時間を埋め合わせるように、出先からよく贈り物を送ってくれたものです。どれもみな高価そうなもので、父が楽しんで選んだのがわかりました。母のためには、海外の大きな百貨店で選んだ、王女様が身につけるような翡翠のネックレスやらダイヤの指輪やら。まだ小さかった弟妹には、やはり海外のブティックで探したらしい、豪華だけれど、サイズの合わない子ども服や幼い子ども向けのおもちゃや。

一緒にいないものだから、小さな我が子にどんなものが必要なのか、わからなかったんですね。子どもはどんどん育っていきますし。でも、仕方ないね、って、わたしたち家族は笑って受け取って、大切にしていました。

父はわたしには、高級な絵の具やキャンバスを見繕ってくれました。幸い、画材はいつも嬉しいものでした。わたしは子どもの頃から絵を描くのが好きで、実際巧かったので、美大に進んで画家になりなさい、といわれて、進学のために画塾に通ってたんです。買い物が好きな父は、美術品も好きで、うちには玉石混淆の、美しい絵がたくさんありましたっけ。

――そんなのもみんな――母の宝石も、たくさんの絵も、父の失踪後、手放しましたけどね。大きな家に住んでいたんですが、家も売ってお金に換えました。

わたしは、アルバイトをして家にお金を入れました。画塾はやめて、美大進学は諦めました。高校を卒業したら社会人になろうと。頼れる親族もなく、母が病弱だったので、わたしが働くしかなかったのです。絵は趣味で続ければいいやと思いました。いつか、ずっと未来に、好きなことを出来るだけの余裕が出来たら、自分の力で絵を学ぶのもいいとそう思って諦めました。

家族のことは大好きで大事でしたし、長男として自分が家を支えることは当たり前だと思いました。いなくなった父のことも恨みはしませんでした。仕方ないひとだと笑うしかなくて。だって、わたしが泣いて落ち込んだって、行方知れずになった父は帰ってこないでしょうしね。

でも、学業とアルバイトとの両立が高校生には大変で、毎日疲れて寝不足で。ある日、道をふらふら歩いていたら、車に軽く引っかけられましてね。――ええ、ほんとに軽く。はずみで塀に指をぶつけて骨折しまして。それが利き手の人差し指と中指で。日常生活にさしさわるほどではない、けれどそれきり、絵が思うように描けなくなってしまったんです。神経を傷めたんですね。

ちょうど良かった、と高校生のわたしは思いました。これで本心から夢を諦められる、と。心配する母に、笑顔で、『これでいいんだよ』といったのを覚えています。母はね、泣いていました」

ああ、それで、と一整は思う。

高岡源は、デザイン会社に勤めている兼業作家だ。デザイナーではなく営業職だそうだけれど、パソコンのデザインソフトを使いこなして、イベント用の洒落たポスターを作成してくれたことがある。

その昔、絵を学ぶ夢を諦めたといっても、変わらずに美しいものが好きで、デザインセンスも優れていて、いまは傷ついた指のかわりに、機械を使いこなすことで、美しいものを作り上げることが出来るのだろう。

(就職先にデザイン関係の会社を選んだのも、絵が好きだったからなのかも知れない――)

少年の日の夢に近い場所にいたかったのかも知れない、と思った。あるいはそうと意識せずとも、そちらへと道が続いていたのかも。

そしていま、高岡はその手で、美しい物語を綴っている。――まるで絵を描くように。

高岡源の書く小説には、優れている点が多い。特に文章の巧さで評価が高い作家だ。情景描写が美しい、殺陣の描写が素晴らしい、と良く評される。表紙や挿絵を描く画家たちは、彼の作品に絵を添えるのは楽だ、描きやすい、とみながいうらしい。

高岡源の原稿からは、登場人物が、舞台になっている場所のどこに、どんな表情や様子でどう立っているのか、目に見えるようにはっきりと読み取れるのだと。

実は、登場人物がひとつの場面に複数登場すると、そういったことが文章から読み取れなくなって困るような作品を書く著者が多いのだとか。

たぶん、高岡の目には情景がくっきりと「見えて」いて、それを文章として書き表しているのだろう、と画家たちはいう。だから、読む者にも、それが「見える」のだろうと。

高岡はみずからの生み出す物語を画家の目で見つめ、言葉に変えて語る作家なのだ。

文章を読むだけで、絵に描いてあるように、情景がわかる。世界が立ち上がってくる——それが出来るのが高岡源の才能で、だからこそ、絵を添える画家たちは仕事がしやすいというのだろうし、一整のように読者として物語を読む者たちは、まるで自分がその場にいるように、臨場感を持って楽しむことが出来るのだろう。

「わたしは絵を描くように、物語を綴るのです」

以前、何かのインタビューで高岡が語っていた言葉を、一整は記憶している。

（先生は絵筆をとるように文章を綴る。ぼくたちは、その文章を通して、先生の描いた、美しい絵の世界を見ているのか）

そういう意味では、高岡の絵の才能は——画家として花開くことはなかったとしても、高岡の生み出すものに無二(むに)の輝きを与えているといえるのかも知れない。

こんな風に、夢の残滓(ざんし)とともに生きているひとは多いのかも知れないな、と、一整はふと思った。みんなが夢を叶(かな)えられる訳ではない。叶わなかった夢を忘れてしまえるものでもない。通りを行くひとや、街角にいるひとたちの心の中で、孵(かえ)らなかった夢の卵たちは、ひっそりと輝いてのかも知れない。

叶わなかった夢の名残は、そのひとの心のうちで輝き、そっと行く手の道を照らすこともあるのかも知れない。

「家を背負って頑張る高校生と、幼い弟妹に、それを抱えた若い母親の一家は、やはり痛々しく、かわいそうに見えたんでしょう。近所のひとたちに何かとかばわれて、優しくされましたね。人間っていいものだなあ、とあの頃は幾度も家族で感謝しながら涙を流したものです。

特に、町の本屋さんには、ほんとにお世話になりました。小さな本屋さんでね、おばあさんがひとりで経営していて。連れ合いを早くに亡くされて、子どもたちはみんな見事に育て上げ、巣立たせたあとの、独り暮らしのおばあさん。手編みのベストを着せた、マルチーズと暮らしていましたっけ」

高岡は、目を細めた。いまそこに、そのおばあさんと小さな白い犬がいる、というような、優しいまなざしをした。

「家を手放して引っ越した先のアパートの近所に、古い商店街がありましてね。いまはもうあまり見ないような、個人商店が並ぶ、そんな通りです。魚屋さんやお肉屋さんや、お花屋さんに雑貨屋さんが並んでる、みたいなね。昔ながらの。ちょっと桜野町の商店街に似ているかも知れませんね。

その中に、おばあさんの本屋さんもあったんです。お店の感じも、ここちょっと似てるかな。まあ、桜風堂みたいに格式がある感じとは違って、親しみ深い、いかにもな町の本屋さんというか、学校帰りの子どもたちが駆け込むような。駄菓子も置いてたし、貸本漫画も置いてましたね。でも雰囲気は、うん、やっぱりこのお店と似てるかなあ。あったかい感じは。だからきっと、このお店に来るたびに、懐かしさを感じるんだと思いますよ。帰ってきたような気がするのかも」

にこりと高岡は笑い、話し続けた。

「わたしはその商店街でアルバイト先を探しました。メインで長くやってたのは当時流行の新聞配達で、これは早起きが大変でしたが、わたしは子どもの頃から活字が好きだったので、張り合いのある仕事でしたね。あの頃はいまのようにネットもない。朝一番に町のひとたちにニュースや文化を届ける仕事、というのは格好が良いものだと、自分を励ましていましたね。

そのほかに、いろんなお店の店番を頼まれたり、配達の仕事をしたり。いま思うと、ろくに働いたこともないような高校生が、町のおとなたちから、あたたかな目で見守られていたんだと思います。商店街というものに、まだそんな余裕があった時代ゆえの優しさもあったのかも知れないです。

そんな中で、本屋のおばあさんには特によく、アルバイトを頼まれていたんです。わたしもあの店で働くのは好きでした。学校帰りにお店に直行して、エプロンを借りて、店番に配達、そして、朗読を――」

「朗読、ですか？」

「ええ。本屋のおばあさん、時代小説が好きで、店と続いてる自宅の本棚にたくさんの時代小説を並べてましてね。吉川英治に司馬遼太郎に、池波正太郎、山岡荘八の本がずらーっと。春陽文庫の、山手樹一郎あたりも全巻あったんじゃないでしょうか。村山知義の『忍びの者』なんかもありましたね。

店番や配達のバイトの後に、おばあさんは、わたしに声をかけて、その中の一冊を差し出して、読んでほしい、というんです。自分は年をとって文字を読むのが辛いから、お願い、って、笑って手を合わせて。

レジの奥に、炬燵がひとつ置いてある、小上がりの小さな部屋があったんですが、マルチーズと一緒に、そこに座って、本を読みました。おばあさんが店の仕事をしている、その背中に向けて、朗読しましたね。

最初は恥ずかしかったんですが、これも仕事だと思って開きなおれば、じきに慣れました。そもそもおばあさん、聞き上手で、上手上手と喜んでくれたこともあって、のってきたんです。最後の方では、もっと巧く読もうなんて思ってましたね。ラジオのアナウンサーになった気分というか、いまだとオーディブルですか。お客様が来れば中断して、また読む。その繰り返しで、いろんな本を読みました。楽しかったですよ。

実はね、そのときまで、時代小説というものにほとんどふれたことがなかったんです。司馬遼太郎は何冊か読んだかな、程度で。ほんとに活字が好きでしたから、O・ヘンリーにサキ、星新一、小松左京やら、その時代の活字が趣味の十代が読むような本は読んでいましたが、時代小説はおとなや年寄りが読むもので、高校生が読むような本じゃない、という思い込みがありました。

でも、声を出して読んでみるとね、面白かったんです。地の文が名調子で、あるいは整然と美しく、歴史や活劇には浪漫があり、キャラクターの立った美男美女が活躍するしで、朗読するとさらにその良さに気づきやすかったのかも知れません。

わたしはだんだん時代小説に魅了され、やがて、おばあさんの時代小説コレクションの棚から、本を借りて読むようになりました。あの時期にわたしの時代小説の素地は出来たんだと思います」

高岡は、静かに微笑み、息をついた。

「その日の分を読み終わると、おばあさん、今日もとても良かった、あなたは本を読むのが上手、お疲れ様、と封筒に入ったその日のバイト代と一緒に、お茶やお菓子を出してくれましてね。たまに手作りのお団子やおにぎり、冬にはお餅に、熱いお味噌汁なんかも。美味しかったし、ありがたかったですね。

十代男子ですから、いつもおなかが減っていましたし。食後に日々の疲れが出て、眠くなってうつらうつらすると、寝てていいですよ、とあたたかな手で、毛布を掛けてくれました。家ではそんな風に疲れたところは見せたくなかったので、そこで休めることがありがたかったですね。――からだの疲れもですが、おとなのように家族を背負っていることがやはり重荷で、精神的に疲れていたんだと思います。

そんなことを、おばあさんに見抜かれ、心配されていたんじゃないかと思いますね。わたし自身は、いつも元気で明るく働く、バイトの高校生のつもりだったんですけどね。

いま思うと、あれはおばあさんからわたしへの優しさだったんだと思います。本が好きなわたしのために、朗読という簡単で、そしてからだに楽だろう仕事を作り、休む場所を作ってくれたんだと。あのひとは子どもが好きで、店にはいつも子どもたちが出入りして、みんなのおばあさんのように懐かれていましたし。

当時のわたしは高校生、おばあさんから見れば、十代の、まだ子どものうちといってもいいような存在だったのでしょう。おばあさんは、他の子どもたちを見守る、それと同じ目で、親鳥が雛たちを大きな翼であたためるように、世話を焼いてくれていたんでしょうね」

高岡は、遠いところを見るようなまなざしをした。

「そんな日々の中、冬の早朝に、わたしは橋から川原に自転車ごと落ちて死にかけたわけです。もうこのまま立ちあがらなくていい、死んでもいい、と思ったとき、夢かうつつか、手首に誰かのあたたかい手が触れました。そんな気がしました。その手からは花の香りがしました。水仙だと思いました。育った家の庭に、白い水仙が、冬ごとに咲いていたから、すぐわかったんです。

ぼんやりと定まらない頭で、これは誰かが邪魔をしてるんだと思いました。このまま眠っていれば死ねるのに、起こそうとしてるんだな、と。水仙の花の香りのするその手を、わたしは弱々しく、振りほどこうとしました。

でもその温かい手は、ぎゅっとわたしの手首を握りしめたまま、離そうとしませんでした。わたしはもう腹が立ってね。自分は死にたいんだから、ほっといてくれ、と叫んだんです。すると一言、こんな言葉が聞こえました。『そんな悲しいこと、いってはだめですよ』と。知っているひとの声だと思いました。

その声で、目が覚めたんです。雨に濡れた顔を手で拭いながら、よろよろと身を起こしました。早朝の、雨雲の向こうに光を孕んだ、ほの明るい川原には誰もいませんでした。水仙の香りの手の持ち主も。ただ花の香りだけが、かすかにそこに残っていたんです。手首をぎゅっと握りしめられた、その感触も」

高岡の手が、もう片方の手の手首を撫でた。

「優しいけれど、強い力でした。絶対に離さない、そんな力だったと思いました。

その力に引き戻されるように、わたしは正気に返りましてね。同時に自分が死にたいと思ったことがとても怖くなりました。寒さと怪我の痛みに震えながら、朝日に照らされて、そう思ったんです。夢から覚めたように、死にたくないと思った。たぶん日の光にはそういう力があるんでしょうねえ。それと耳の底に、さっき聞こえた言葉が残っていました。

『そんな悲しいこと、いってはだめですよ』――時間がたつごとに、日が昇ってきて、朝の風に吹かれるごとに、記憶は曖昧になって行き、何もかもが幻であり、幻聴だったように思えてきてはいましたが。

壊れた自転車を引きずって、なんとか橋の上まで上がりました。雨の予報が出ていたのでビニールに包んでいたこともあって、幸い新聞は無事で、でも配達の時間には遅刻だから、焦りましたね。からだのあちこちが酷く痛んだけれど、気合いでなんとか配達を終え、新聞屋さんに自転車を返しに戻ったら、驚かれて心配されまして。汚れてドロドロの姿だったでしょうし、橋から落ちたと聞かされれば唖然としたでしょう。

怪我の方は幸い、片足と片手の捻挫に擦り傷程度で済みましたが、数日バイトは休みになりました。学校もです。捻挫って、した直後は動けるんですが、時間が経つと傷めたところが腫れ上がって何も出来なくなりますよねえ。

家族に泣いて心配されたこともあり、仕方なく、家で天井を眺めてしばらく養生してたんですが、ふと思いだしたんです。――あのとき聞こえた声は何だったんだろう、って。

水仙の匂いがするあたたかな手も、あのとき聞いた言葉も、その後、時間が経ってみれば、思い出すごとにリアリティが薄れて行くようで。あれはやはり一時の気の迷いで、錯覚や幻聴だったんだろうと思えてきていたんですが——布団でまどろむうちにふと、あの声は、本屋のおばあさんの声に似ていたような気がしてきたんですよね。——まあ、あのおばあさんだとしても、早朝の川原にいるはずがない。実際、あのとき、そばには誰の姿もなかったですしね。けれどなんだか、おばあさんにその話をしたくなりまして。

布団から這いだして、本屋さんに出かけたんです。病院で借りた杖を突いて、ギプスを巻いた足と手首をかばうようにして。

するとね、本屋さんは閉まっていたんです。それまでいつも、町の子どもたちの訪れを待つように、年中無休のように開いていたのに。チャイムを鳴らすと、知らないおばさんが、店の裏手の方から姿を現しました。そのひとがいうには、おばあさん、数日前から急に具合が悪くなって、町の大きな病院に入院しているとかで。

ええ、もともと心臓に持病があったんです。それは知ってました。遠くの街に住んでいる子どものひとりが、犬の世話のために帰ってきていて、それがそのひとだということでした。いわれてみれば、穏やかな感じの目元がおばあさんに似ているひとでした。優しい話し方も。わたしのことは聞いている、本を読むのが上手なんですってね、いつもありがとう、と言ってくれました。

『あなたが来たら渡してといわれていた本があるのよ』というと、そのひとは店の戸を開けて、わたしを中へと呼んでくれました。たしかに、借りる約束をしていた本があったんです。お礼をいって、本を受け取ろうとしたとき、はっとしました。本と埃の匂いに混じって、かすかな花の匂いがしたんです。

しんと冷えた薄明るい店内の、レジのそばに、白い水仙が咲いていました。ガラスの花瓶(かびん)に活(い)けられて、静かに咲いていたんです」

高岡は、なんとも不思議な笑みを口元に浮かべた。

「それだけの話なんです。何のオチがあるわけでもありません。本屋のおばあさんは、その後、入院が長引いて、子どもたちの住む遠くの街へ引き取られていきましてね。結局、わたしはあの早朝の出来事を、おばあさんと話さないままになりました。いつか町に戻ってきたら、と思ううちに、店は畳(たた)まれてしまい、わたしもおとなになってその町を離れましたし。あれから長い年月が経ちましたから、いまはもうあのおばあさんも、さすがに存命ではないでしょう。

けれどいまも、あの小さな店の姿や、レジの奥の小部屋で本を読んだ日々、あたたかな毛布を掛けてもらってうたた寝した心地よさの記憶は忘れずに、胸のここにあります」

高岡はそっと自分の胸を押さえた。

「あの冬の朝の怪異は、やはり錯覚、幻想かも知れない。けれど、事実かも知れない。誰にもほんとうのことはわからない。たぶん永遠に。でもね、わたしは思うんです。どちらでもいいのだと。優しい怪異の正体を探る必要も、その記憶を疑う必要もない。——なぜって、その後も、わたしが道に迷うとき、水仙の香りの温かな手が、わたしを正しい方へと引き戻してくれたような気がしましたし、なにか暗い、悲しいことを考えれば、だめですよ、と耳の奥でかすかな声がしました。きっとそれは、わたしがこの先、老いて死ぬまで、そうなのだろうと思います。

わたしは弱く、迷うこともある人間ですが、ひとりじゃない。ひとりで頑張らなくても良い。優しい怪異が道を指し示し、見守っていてくれる。それでいいんだと思っています」

にこにこと、高岡は笑う。そして、明るい声で言葉を続けた。

「そしてね、思うんです。自分が優しくされたように、誰かを見守り、優しくしたいなあ、と。自分が受けてきた優しさを、誰かに返していきたいものだなあ、と。

人間は優しい。世界には酷い出来事も、悲しいこともありますが、それでも人間は優しく、誰かを見守り、明るい方へ導くことが出来るのだと、わたしは知っていて、そしてけっして忘れないんですよ」


窓から、夏の光が射した。

雨雲が遠ざかって行き、青空が戻ってきたのだろう。

高岡はゆるくまばたきをしながら、そちらを振り返り、一整もまた、光の方へと視線を向けたのだった。

「きゃー、こういうお茶、久しぶり」

幾度かの乗り換えの果て、ついに桜野町の最寄りの駅に向かう電車の中で、苑絵（そのえ）の母、茉莉也（まりや）が声を上げる。

七月半ば。夏の旅路でのことだ。

さっき、親子ふたりでこの電車に乗り換えたとき、ちょうどお昼時だから、と、駅の小さな売店でお弁当を買った。そのとき茉莉也がめざとくそのお茶を発見したのだ。

針金の取っ手がついた、白く半透明の容れものに入った熱いお茶は、たしかに苑絵にも久しぶりのような気がする。——といっても、家にこもっていることが何より好きで、遠出をする機会が少ない苑絵なので、いまひとつ自信がない。

熱くなった樹脂（じゅし）と、お茶の香りが漂ってくる。火傷（やけど）しそうなそれを窓の前に置くと、電車の揺れやレールを走る音と相まって、まさに旅の途中なのだという実感がいや増した。

（いいなあ、胸がわくわくするなあ）

考えてみれば、陸路の旅なんて、どれだけぶりだろう、と苑絵はしみじみと振り返る。

早朝、地元風早（かざはや）の駅を出て以来、何度も乗り換えが続いたので、心配性の苑絵には、いままで旅情に浸（ひた）る余裕がなかった。事前に繰り返し繰り返し、スマートフォンで行き方を調べてきたものの、乗り換えやホームで乗り場を間違えないように、発車時刻に遅れないように、と気をつけながらの移動は、緊張の連続だった。

思うに、これがまだ空路の旅ならば、飛行機は絶対に空港にしか降りないので、飛び立ちさえすれば迷子になることはない。けれど陸路は――線路は地上にどこまででも続いているから、乗り換えを間違えたら、この世の果てまで連れていかれそうで、恐ろしかった。

旅の荷物もそこそこ重くてかさばる。化粧品に着替えなどのいわゆるお泊まりセットはたいしたものは持ってこなかったのだけれど、カフェ開店の役に立つかも知れないから、と愛用の画材や道具のあれこれを旅行鞄（かばん）に詰め込んだらこうなってしまった。

乗り換えのとき、荷物を席に忘れたり、電車と線路の間に落としたりしたらどうしようかと不安で胸がどきどきして困った。そもそも、乗り換えのタイミングで、その都度（つど）、電車をちゃんと降りられるか、それが不安でしょうがなかった。

あまりない機会だけれど、旅行に出るときは、旅慣れて気が利いた親友、三神渚砂（みかみなぎさ）と一緒なので、彼女がてきぱきと世話を焼いてくれる。苑絵はついていくだけで良いから、のんびりしていられるのだけれど。

でも今日は、苑絵がアテンダントになって、旅慣れているけれど気ままでマイペースな母を、目的地、桜野町に連れていかなくてはいけないのだ。

そう思うと、我知らず背筋が伸びる。

（待ってて、桜風堂書店さん……と、月原さん。苑絵がいま、行きますから。たぶんその、あまり役に立たないですけど。というか、いっそ邪魔かも知れないですけど。でも、とりあえず、お店にうかがいますから）

カフェ開店二日前の桜風堂書店に、苑絵は向かっているのだった。開店直前の準備を手伝うために。

七月中旬、梅雨が明ける頃。山間の古い町、桜野町にある桜風堂書店では、ついに店内のブックカフェ開店の日が近づいていた。

桜野町は、その歴史は古いものの、いまはほぼ忘れられた観光地、人口は少なく訪れる者の数も以前には遠く及ばないといえど、月原一整が桜風堂を訪れ、その後継者となって以来、何かと話題になることも多い。最初はインターネット、のちに間口の広い、新聞やテレビ、雑誌などで評判になったことから、ずいぶん遠くに住むひとびとにも、桜風堂書店のファンは増えていた。

由緒正しい祭りである、星祭りの日に行った、桜風堂書店主催の合同サイン会も、近辺の町からだけではなく、遠方からの集客をも果たし、インターネットを通して、遠く海外の地でも話題になった。そのことがまた宣伝となり、ひとを呼んだ。

この時代、世界にも日本にも悲しい話題が多く、恐らくは誰もが心温まる話題に飢え、優しいお伽話への憧れもある。失意の書店員が歴史ある山間の書店を受け継ぎ、文化の灯を守り続けようとしている——その一連の流れを喜び、応援したいと思うひとびとは、日本や世界のそここに存在しているようで——つまりは、ささやかなブックカフェの開店がどれほどの話題になるか、どれほどの客が当日集まるか、やや、予測がつきづらくなっていた。

物語の時間は、やや遡(さかのぼ)る。まだ梅雨が明ける前の、六月終わり頃のことだ。

その日、月原一整からメールで相談を受けた、彼の元勤務先であり、いまはチェーン店の仲間でもある、銀河堂書店の店長、柳田六朗太(やなぎたろくろうた)は、店が閉店した後、中央のレジ前にスタッフを集めていった。

「『もし、開店当日にお客様がひとりもいらっしゃらなかったらどうしよう』って悩みはまだわかるぜ。けど、『逆に、どれほどたくさんのお客様がいらっしゃるかわからない、自分にさばききれるだろうかとも思います』なんて不安の方は、聞かされたこっちも困るというか、今時、贅沢な悩みっちゃ悩みなんだけどねえ……」

柳田は眉を寄せ、芝居じみた仕草(しぐさ)で腕組みをする。

「月原がこんな風に気弱になるのは、俺の記憶にある限りでは、合同サイン会の前と今回とで、たったの二回目だ。——どうする？　みんなでちょいと手を貸してやるか？

お客様が来なかったときは、まあ仕方がない、これからのやり方を考えるとして、逆に、お客様が殺到(さっとう)したときが問題なんだよ。月原はそれを心配している。俺もだ。せっかくたくさんお客様が来てくださるかもしれないものを、ちゃんとおもてなしできずに、がっかりさせて帰すのもいいことじゃないからな。いきなり商売繁盛(はんじょう)過ぎるのも、若い店長には手に余るだろうから、我ら銀河堂書店のメンバーで、できうる限り、バックアップしてやろうじゃないか？」

集まった面々は、それとなく棚を片付けたり、掃除をしながら、うんうんとうなずく。

「何しろあの店まではずいぶん遠い。いや直線距離はさほど遠くもないんだけど、あちこち廃線になったり駅がなくなった関係で、やたらと遠回りして、電車を乗り換えて行かなきゃいけない。移動にやたら時間を食う。だから、無理に手伝ってくれとはいわない。

そもそも開店の頃は夏休みだ。うちのお店もお客様は増えるし、お子様たちも殺到するしで、棚も平台も荒れるし、万引きの危険もトラブルも増えるだろう。そんなときに、チェーン店の仲間の店だからと助けに行ってくれというのも、無茶だってわかってる」

棚の本の背表紙を整えながら、副店長の塚本保が、

「ほんとうに、月原くんに甘いですよねぇ」

クールな表情でいいながら、目元は笑っている。

「うるせえ。仲間だろうよ?」

「はいはい」

副店長は肩を軽くすくめ、

「まあ、わたしは釣りのついでにですが、過去何度かあの店に行きましたが、正直なところ、由緒正しい店、かつ話題の書店とはいえど、山の中の寂れた商店街の書店です。新しくカフェスペースが出来るからといって、彼が心配するほどお客様が殺到するとも思えないんですよね。夏休み中とはいえ、平日ですし」

「俺や月原の考えすぎだっていうのか？」

柳田がむっとしたように、鼻の穴をふくらませるのに、副店長は優雅に首を横に振り、

「いやいや、お客様が殺到するに越したことはないじゃないですか。わたしもむしろそうであって欲しいと思っています。で、実際、そんなことにでもなれば、月原くんとあの店のスタッフだけでは手に余るでしょう。まあ、その可能性は低いと思いますけどね。

——なので、手伝いは必要ないという意味ではなく、誰かが助力に行くけれど、あくまでも肩に力を入れすぎない感じで、気楽に出かける感じでいいんじゃないかと思うわけですよ。あくまでも念のため。お守りみたいな感じでですね。いつかの合同サイン会の時のように大変なことには、まずならないでしょうから。

開店のイベントをするわけでもなく、特別なゲストが来るわけでもない。ブックカフェはこの後も続いていくわけですから、お客様たちとしては、オープンの日に、何が何でも焦って詰めかける必要もない。でしょう？」

「まあそれはそうだな。正直俺も、月原はちょっと神経質になってるんじゃないかと思ってはいるんだ」

頬をかきながら、柳田はいった。「月原は元々、よくいえば慎重、いっそ心配性の気があるし、自分に自信がない方だしな。一方で、カフェスペースの開業の方は、この先、桜風堂書店がうまくいくかどうか、それに関わる、大切なことだ。先代の店長から譲られた大切な店、絶対に

うまくいかないといけない、そう思い詰めるだけ、開業の日が不安になるんだろう」

うんうんと副店長がうなずく。

「まあ、あの月原くんが不安を口に出せるようになっただけ、良かったといえるんじゃないでしょうか。——彼、以前は人馴れない野良猫みたいに、わたしたちから、さりげなく距離をとってましたからね」

「それはまあ、そのとおりだよな」

柳田は笑い、ラジオ体操のように、軽く腕を振った。集まった皆を見回して、

「そういう訳で、さて、誰が手伝いに行く?」


「カフェの接客はしたことないけど、何かしら手伝えると思うので、わたしが行く」

勢いよく手を挙げたのは、文芸と文庫の棚を受け持つ三神渚砂だった。夏のその時期、忙しいのは事実だけれど、一日二日店を空けるくらいの余裕はあるし、作るから大丈夫、と胸を張った。

「オープンの当日と翌日の二日間、出かけてきていいかな? そしたら、いちばん大変なときのフォローは出来るんじゃない?」

「そうだな。行ってくれるか?」

「おっけー」

彼女は何しろ、車もバイクも運転できるので、行く手がどんな山里であろうとも、ひとりで行動できるあたりも強い。移動にも旅にも慣れている。本人がいうようにカフェの接客については未知数だけれど、器用で体力も気合いもあるので、頼りになりそうだとその場にいた誰もがきっと思った。

同時に、はいはい、わたしも開業の日にぜひ、と剽軽な笑顔で手を挙げたのは、パートの九田だった。

「枯れ木も山の賑わいっていうか、いままでいくつかの店でオープニングに立ち会ってるので、まあまあ、お役に立てるかな、って」

おっとりとした見た目と違って、彼女には大型バイクという趣味がある。接客のキャリアも長いので、彼女がいるなら、まず大丈夫だろうと、これもきっとその場にいる誰もが思った。ちょっと方向音痴なところがあるので、無事に目的地にたどり着けるかどうか、そのあたりだけ一抹の不安があるけれど。

後れて、迷い迷い、おずおずと手を挙げたのが、苑絵だった。

「夏休みに自分の担当の——児童書と絵本の棚から目を離すのは……どうかと思うのですが……」

でも行きたいのだ、と伏し目がちなまなざしにそれでも力がこもっていた。

「開業の日は、三神さんと九田さんがいれば、百人力だと思います。わたしはその、開業の前々日から前日あたりにうかがえたら、と。それでしたら——何か作るとか、何か飾るとかのお手伝いが出来るかも、と思いますので。そういう、あの、雑用といいますか、わたしでもお手伝いできることが、何かしらあるかもしれませんので……」

言葉にするうちに自信がなくなってくる。徐々に、顔がうつむいてくる。

なるほど、と、柳田の朗らかな声がした。

「うちの店としても、いまの時期、同じ日に、エース級の書店員が何人も店を空けるのは辛いところがあるしなあ。卯佐美が手伝いに行く日程をずらしてくれるなら、助かるよ」

「ありがとうございます」

ふわふわしたくせっ毛の髪を揺らし、頭を下げる苑絵に、柳田は優しく声をかけた。

「おまえが行けば、月原も喜ぶと思うぞ」

苑絵は頬を赤く染め、ぶんぶんと手を振る。

「そ、そんなことは全然ないと……わたしが勝手に、無理に行きたいだけですので。むしろ、邪魔、かもと……」

仕方がないなあ、というように柳田は笑い、苑絵の肩を軽く叩いた。

「おまえももっと、自信を持て。おまえはきっと自分が思うよりずっと、月原に感謝されてるし、何よりすごい絵の才能を持ってるんだぞ」

「——そそそ、そんなことは」

渚砂がそばにきて、

「まったくもう」

と、呆れたようにいった。

「もうさ、子どもの頃からあんたのそんなところ見てきてさ、いい加減飽きたっていうか、いつまでもそんなだと、さすがにそろそろ見放しちゃうからね？」

「あの、それは……ちょっと困る」

「じゃあ、顔を上げて、はい、自信を持つ」

ぱん、と背中を叩かれた。心地よく優しい痛みはそのあともずっと残っていた。

副店長の塚本が、さりげないいい方で、

「じゃあ、わたしは開業二日目辺りで、さりげなく様子を見に行くことにしましょうかね。先日桜野町の近所まで釣りに出かけた折、よいワイナリーを見かけましてね。帰りにそちらに足を伸ばそうかと思います」

「あ、いいなあ」と柳田が声を上げる。「俺にもお土産とか」

「まあ、気が向いたらですね」

「ちぇ」

そんなこんなで、七月中旬のとある日、苑絵は桜野町目指してひとり旅立つことになったのだけれど、帰宅後、その話をしたところ、母茉莉也が同行することになった。明るい笑顔で当然のように、じゃあママも行くわ、といわれたのだ。

最初、驚いて断ったのだけれど、何しろ苑絵のことだ、勢いで手伝いに行くと決めたものの、目的地に無事たどり着けるかどうか実は自信がなかった。内気(うちき)で引きこもりがちで、家にいるのが何より好きな苑絵である。よく接客の仕事をこなせていると自分でも不思議なほどだった。たぶん子どもの本と書店への愛でなんとか頑張っているのだろうと思う。

実のところ、苑絵は合同サイン会のとき一回切りしか、桜野町には行ったことがなく、そのときも渚砂の車に乗せてもらって行った。陸路で電車を乗り継いで行けると知ってはいたし、渚砂から聞いたこともあるけれど、実際に自分が電車で行ったことはない。

冷静になって考えてみると、苑絵ひとりの旅よりも、世慣れて旅慣れたキャリアウーマン（おまけにお金持ち）の母と一緒の旅というのは、安心なのかも知れない、と思った。

いい年して保護者と一緒というのは情けなかったが、背に腹は代えられない、と苑絵は肩を落とした。この際、桜風堂書店に無事に着く、ということが何より大事なことなわけで、苑絵の小さなプライドなんて、その前にはどうでも良いことなのだ、きっと。

少しだけ胸が痛んだのは、これでまた渚砂と差がついてしまう、ということだった。

長年の付き合いの親友同士なのに、これでまた、かっこいい親友に置いて行かれてしまう。

ひとりでは電車の乗り換えもおぼつかない苑絵と、バイクや車で颯爽と野山を越えてゆく渚砂。ついでにいうと、渚砂は賢く凜(りん)としてかっこいい美人で、常に危なげがない。苑絵は何もないところでもつまずき、街中でも道に迷う、危なっかしいだめ人間だ。およそまともな社会人とはいえない。

ずっと一緒の親友同士なのに、なんでこんなに違うのか。

(というか、渚砂ちゃんは超かっこよくて、わたしは超だめだめってことなのよね)

月とすっぽんとかそういう感じ。

ふう、と苑絵はため息をつく。

店で、渚砂が何気なくいった一言が、実はあれ以来、胸に刺さっていた。

『もうさ、子どもの頃からあんたのそんなとこ見てきてさ、いい加減飽きたっていうか、いつまでもそんなだと、さすがにそろそろ見放しちゃうからね？』

同じような言葉をいままで何度も冗談交じりにいわれてきたけれど、今回は特に辛かった。

頭を抱えたくなる。——うん、見放す、と思う。自分が渚砂の立場なら、苑絵なんかとっくに見放している。渚砂は偉い。とても心が広いのだ。苑絵がよたよた歩いてついて行くのを、いつも少し先で待っていてくれる。

(でも、これじゃいけないと思うんだ)

ふたりとももうおとなになったんだし。少なくとも苑絵は、このままいつまでも、待っていてもらう自分ではいけないと思っている。心配されて気遣(きづか)われる自分はもう嫌だ。

なぜって、美しくないから。

かっこわるくて、自分が自分を許せないからだ。

誰かが笑うから、誰かに指を差されるから強くなりたいとか、そういう訳ではない。自分なりの美学の問題で――そして、子どもの頃から思っていたように、大好きな親友、渚砂と肩を並べられるような、立派な女性でいたかった。

(成長しなきゃ。わたしはおとなにならなきゃ、だめなんだ)

もう何度目になるだろう。自分にいいきかせた。わたしも凜とした人間になりたい。ひとりで立てる人間でありたい。

(もし――渚砂ちゃんが、月原さんを好きになったとして……わたしに遠慮なんかしないで、想いを伝えてくれるように。わたしのことを心配して、我慢するとか、そんなことがないようでありたいんだ)


いつからだろう。

渚砂が月原一整を好きなのでは、と、その気配に気づいていた。

「そんなことないよ、全然ない。好みじゃないもん」

苑絵が訊くと、けらけらと笑い、大きく首と手を横に振って否定する渚砂だけれど、付き合いが長く、勘の良い苑絵だ。言葉に嘘が混じっている、そのわずかな色合いに気づいていた。

渚砂はとても強いひとだ。何かしら信念や理由があるときは、自分の感情は上手に隠す。苑絵とは違う。浮き沈みが激しく、すぐに滅入って傷ついて、喜怒哀楽（きどあいらく）がだだ漏れになってしまう、弱い苑絵とは違うのだ。

恋心を隠すと決めた以上、渚砂がそれを貫くことは間違いない。――この先、誰にも、もちろん月原一整本人にも、そのことは口にせずにいるだろうことが、苑絵にはわかった。

（たぶん、わたしが月原さんに、わりとその、片想いしてるから――だよね）

昔から恋愛巧者（こうしゃ）で、こういったことには勘とセンスが良い渚砂のことだ。ぴんときているのに違いない。

（そしたら、渚砂ちゃんは絶対にわたしも好きだとかそんなことはいわないんだ。そういうひとだから）

美味しそうなケーキがあれば、わたしはいい、と苑絵に笑顔で差し出す。それが渚砂だ。食べたいなんて微塵（みじん）も顔に出さない。

月原一整はケーキではないけれど。

（いや、それはたしかに、渚砂ちゃんが告白とかすれば――あんなに素敵な子なんだもの、望みはきっと叶うんだけど。ふたりは恋人同士とかになってしまうんだろうけど……）

そしてきっと、ゆくゆくは結婚するのだ。可愛い子どもが生まれたりして。

想像すると、ひどく胸が痛む。

そんなことになれば、心の中がたくさんの絵の具を混ぜたように、はてしなくよどんで、寂しい暗い色になるような気がした。——けれど。

もし、そんな未来があるのなら、それはきっと正しい未来だと思った。

きっとふたりは幸せになる。それなら、良いのだ。苑絵はその方が良い。

たとえば——そんなこと、万が一もないと思うけれど、苑絵が一整と結ばれる、そんな未来があるとしても、自分には一整を幸せにしてあげることは出来ないと思った。きっと重荷になる。

(わたしは弱い、だめな人間だもの)

絵が少しだけ上手だという、それくらいしか、取り柄のない人間なのだ。

自分の中にある、ほんのわずかな強さをかき集めるようにして、苑絵は願う。

いつかそんな未来が——ふたりが結ばれる未来が来たときに、自分が寂しくならず、ひとりで笑える人間であれますように。

ふたりの幸せを願い、遠く近くで見守っている、そんな自立してかっこいいおとなになりたいなあ、と思う。

幸い、苑絵には母の友人である柏葉鳴海を始めとして、独り身でも強く楽しそうに生きている年長の知人が多くいる。もしかしてこの先添い遂げたいと思うほど好きになれる誰かがいなかったとしても、彼ら彼女らのように、気ままに楽しく生きていけば良いのだ、と思った。

(強くならなくちゃ)

渚砂が安心して一整に告白できるように。彼女が苑絵を気遣わなくても済むように。ひとりで先に進めるように。

渚砂が幸せでいてくれることが、彼女の親友である苑絵の大切な願いなのだから。

「ねえ、苑絵ちゃん、このお茶があると、旅行してるって気分になって、ママ、懐かしくてたまらないわ。こう、胸がキュンとなるというか。——そもそも旅の目的地は、桜野町なんですものね。何十年ぶりになるのかしら。ずっと守れずにいた約束を果たすみたい」

母のくっきりとした大きな目が涙で潤む。長い睫毛のマスカラが滲みそうで、苑絵は慌ててハンカチを差し出した。

「ありがと」

母はハンカチを受け取り、目元を押さえた。

苑絵の母茉莉也は、若い頃アイドルだった。結婚とともに芸能界を引退、やがて生まれた苑絵を育てつつ、子供服のブランドを立ち上げ、いまは共同経営者である苑絵の父とともに、ブランドを世界展開させている。

彼女はアイドル時代、仕事で桜野町を訪れたことがあったそうで、そのときに町に癒やされ魅了され、再びこの地を訪れたいと心に誓ったのだという。知り合った町のひとたちにも、きっとまた来ますと約束したとか。

つまりはそういう訳で、苑絵が桜野町にひとり旅をすると話した途端、「ママも一緒に行くわ」と、同行を決めたのだった。

「旅慣れない苑絵ちゃんだけを、長い陸路の旅に出すわけには行かないし、ママだって、久しぶりにあの町に帰りたいんですもの」

茉莉也の桜野町への想いについては、幾度か聞いたことがあった。月原一整の桜風堂書店を通して、その町と苑絵にささやかな縁が出来たこともあって、その町の名前が母子の話題に上る機会も増えていた。

「ママ、正直、実の家族とは縁が薄くてね。生まれ育った故郷にも、あまり良い思い出がない、寂しい女の子だったわけ。でもね、そんな話をぽろっと桜野町のひとたちに話したらね、『この町を故郷にすれば良いよ』っていわれたの。『辛いこと寂しいことがあれば、いつでも帰っておいで』って。ちょうど仕事でいろいろあった時期だったから、優しい言葉が胸に染みてね。『きっとまたここに帰ってきます』って、町のひとたちに約束したのよね。

その気持ちはほんとうだったんだけど、仕事が忙しかったのと、そのうちにパパと出会って、結婚が決まって、お仕事を辞めて、すぐにあなたが生まれて、子育てしながら新しい仕事を立ち上げてって、しているうちに、時間はびゅんびゅん過ぎていってね。懐かしい町に帰り損ねてたの。

――どうでも良かったわけでも、忘れてたわけでもない。いい訳するわけじゃないけど、いつでも帰れるって思ったからこそ、帰り損ねてたっていうのかな。いつも胸のこの辺に、あたたかい思い出があって、いつかあそこに帰るんだって、思ってた」

だから今度こそ、あの町に帰るのよ、と茉莉也は握りこぶしを作った。

「鳴海ちゃんに先を越されたの、正直ちょっと悔しかったし。なんてね。あはは」

アイドル時代からの親友にして、かつてのライバルでもある女優柏葉鳴海は、桜野町にもう何度も足を運んでいる。茉莉也は仕事の忙しさもあって、行きそびれていて、今度こそは、と張り切っているらしかった。

電車は妙音岳の裾野を行く。

夏の青空の下、のどかな景色が続いていた。時折、日差しを受けて銀色に輝く川の、その上に架かる橋を渡る。田畑が続き、果樹園らしい場所があり、それを守るように昔風のたたずまいの家々がある。庭先に三輪車や、犬小屋があったり、物干し綱にたくさんの洗濯物が揺れていたりする。電車の心地よい揺れの中で、そんなどことなく懐かしい景色の繰り返しを――まるで立体化した、今風の絵巻物のような――見ていると、苑絵はいつか、うとうとと、眠くなってきた。

前の夜、緊張と旅の準備で遅くまで眠れなかったので、ベッドの中で目を閉じたと思ったらもう、出発のためにセットしたアラームが鳴る時間で。あたふたと顔を洗い着替えて、母とふたり予約していたタクシーに乗って、駅に向かって。そのあとは乗り換えの連続で……。

いまのいままで、ほっとできる時間がなかったような気がする。

向かい側の席を見ると、母の茉莉也も一足先に目を閉じて、何を思うやら、うっすらと口元に笑みを浮かべて、夢でも見ているようだった。

（終点まで乗るんだし、少しくらいうたた寝してもいいよね……）

苑絵は小さくあくびをして、電車の窓に寄りかかった。日差しを受けた窓ガラスは、柔らかく暖まっていた。

かたりと電車が揺れて、苑絵はふと目をさました。

窓の外には、どこまでも青い夏の草原が広々と続いている。電車はゆっくりとその中を走る。まるで海の波を分ける、船のように。

日差しを受けてきらきらと輝き、風にそよぐ草原は、とても美しく、いつまで見ていても飽きることはなかった。

その草原には、線路沿いに色とりどりの風車（かざぐるま）が差してあった。くるくると楽しげに回っている。

気がつくと地平線いっぱいに風車は回っていて、苑絵は窓に顔を押しつけるように、その情景に見とれつつ、これだけの数の風車を作って並べるのは、時間とひとでがかかって、大変だったろうなあ、と、感動していた。

電車は草波と回る風車の間を抜けて走ってゆく。少しだけ、速度がゆっくりになったと思ったら、草の波に埋もれるように、寂れた小さな駅があった。

駅の名前すら読み取れないような、小さな駅の名残のようなその場所のプラットホームに、ひとりの小さな女の子が立っている。輝く草の波と、回る風車の中に、ふわふわとしたくせっ毛をそよがせて電車の方を向いている。

あどけない笑顔を浮かべて、大きく、手を振った。

「え？」

笑顔が可愛かったのと、電車に向けて——苑絵に向かって手を振っているのがわかったので、苑絵はなんだか嬉しくなって、とっさに手を振り返してしまった。

大きな目が（誰かに似ていると思った。知っている誰かに）、いつまでも苑絵を——電車を見送っているのがわかった。

スマートフォンが震えて、アラームが鳴った。

はっとして苑絵は目をさました。——降りる前に準備が出来るように、終点の駅への到着時刻の五分前にアラームが鳴るようにセットしていたのだ。

窓の外には、一面の青い草原も風車もない。

のどかな田畑が続くばかりで――夢を見ていたのかな、と苑絵は首をかしげる。

まだあの小さな女の子の笑顔が見えるようなのに。

（可愛かったなあ）

肩に掛かるふわふわのくせっ毛も。

大きなきらきらとした瞳も。

どこかの誰かに似ているようで、たしかに知っていると思うのだけれど――それが誰なのか、どうにも思いだせない。あと少しのところで。

（まあ、夢の中のことだもの。もともと論理的じゃないっていうか、混沌としてるのかも）

夢の中の出来事の常で、きっとほんとうには、似ている誰かなんていないのだ。

寝起きの、まだぼんやりとする心持ちの中で、苑絵は笑い、旅の荷物を持ち上げ、降りる準備をする。向かいの席でうたた寝していた茉莉也が、優雅に両手を上げて伸びをした。

「いま、ママね、すごい可愛い女の子が出てくる夢を見ちゃった」

「夢？」

「小さい頃の苑絵にそっくりな女の子の夢」

「え？」

胸の奥がどきりとした。

夢の中のあの子は、苑絵に似ていたかも知れない。そうだ。アルバムの中の幼稚園の頃の自分は、あんな風に笑っていたような。

　電車が駅に止まった。

　終点だから慌てなくて良いとわかっていたのに、苑絵はつい母との会話に気をとられ、気もそぞろになって、急いで降りようとしてしまった。

　プラットホームと電車の間の隙間が、思っていたより広かった。かさばる荷物のせいもあって、隙間に片足が落ちてしまいそうになってよろけたとき——差し出された手があった。

　子どもの手だ。小さいのに力強い手が、苑絵の手を引いて、ホームへ引っぱり上げてくれた。

　ふわふわのくせっ毛が肩で揺れる、笑顔の、快活そうな少女がそこにいた。取り落としそうになっていた苑絵の荷物を、よいしょ、と受け取り、近くにあったベンチに載せてくれた。

『しっかりしなきゃ』

　腰に手を当てて笑う。

　蟬時雨（せみしぐれ）が、包み込むように響いていた。周囲にある森や林や、そびえている緑の山——あの中腹に桜野町はあるはずだ——で鳴いているのだろう。駅には夏の、生気（せいき）に溢（あふ）れた緑と水の匂いが立ちこめていた。

　そんな中に、女の子は立ち、いたずらっぽい笑顔を浮かべて、苑絵を見つめていた。

　どこかで見たような、知っている女の子だと思った。——そうだ。さっき夢で見た、一面の草原と回る風車の情景の中にいた女の子だ。

ただあの子のように幼くはない。同じく、とても可愛らしいけれど、いま目の前にいるこの子は、小学校高学年くらいだろうか。夢で見たあの子と同じ女の子が、一瞬にして成長してその場に現れた、そんな風に見える。

「えっと、あの、ありがとう……」

苑絵は口ごもり、ただその子の顔を見つめる。視線の高さはさして変わらない。子どもの頃の苑絵に似て、けれどすっきりと背が高く、意志の強そうなまなざしと口元を持つ少女は、にっこりと笑った。

『大丈夫だよ』

「え?」

『「お母さん」は大丈夫。だから落ち着いて。顔を上げて、まっすぐにその道を行けばいいの』

胸の奥がざわめいた。

夢の続きを見ているのだろうかと思った。

(「お母さん」……お母さん、って何?)

(何をこの子はいってるの?)

じゃあまた、とその子は片方の手を挙げて、どこかへふわりと歩み去ろうとした。

「あの——」

とっさに呼び止めようとしたのは、その子が背を向けたとき、自分でも訳がわからないほどに、寂しくなったからだった。

その子は、笑顔で振り返り、いった。

『大丈夫。またきっと会えるから』


「苑絵、苑絵、大丈夫？」

母が、苑絵の肩を叩くようにした。

苑絵は我に返った。

ベンチに置いた荷物を見つめて、苑絵はホームに立ち尽くしていたらしい。

（夢――見てたのかな？　一瞬の夢）

辺りを見回しても、あの女の子はいない。

いや、そもそも夢だったのだろうから、いるはずもないのだけれど。

でも、「いない」ということが自分でも不思議なほど寂しかった。

またきっと会えるから、といったあの声は、幻のように耳の底に残っているけれど。

（熱中症かなあ。寝不足だったたし）

ぼんやりと思いながら、ふと目を上げる。

ちょうど涼（すず）しい風が吹き抜けて、吹いてゆくその先で、からからと軽快に回る何かの音がしたからだった。

改札口のそばに、大きな看板が掛かっていた。

『お帰りなさい、桜野町へ』

看板の周りに、美しい花壇が作ってあった。サルビアにカンナにひまわりに、と、色とりどりの夏の花たちが咲き誇るその中に、たくさんの風車が差してあり、くるくると回っていた。

「さ、行きましょ」

茉莉也が、自分の分と苑絵の分と、ふたり分の荷物を軽々と持ち上げ、改札口に向けて歩いて行く。ここから町のホテルまでは麓の街から呼んでおいたタクシーで行きましょう、とうたうようにいいながら。

「あなたも一休みしてから本屋さんに行った方が良いでしょう？　お化粧直しもしたいでしょうし」

「──あ、うん」

いつのまにタクシー会社に電話をしていたのだろうと考えながら、慌ててあとを追うと、茉莉也が笑っていった。

「さっき、苑絵ちゃんみたいな小さな女の子の夢を見たっていったでしょ？　その子ね、ママのこと、『おばあちゃん』って呼んだのよ。あらま、ちょっと失礼じゃない、って一瞬思ったけど、この子にならそういわれてもいいかな、って思っちゃった。だってとても可愛らしかったんですもの」

茉莉也は楽しそうに笑う。「またあの子に会いたいな。孫を可愛がるお客様の気持ちが、すっごいわかっちゃった」

夏のまばゆい日差しの中、苑絵は目が眩むような想いで、改札口に向かう。

心地よく風は吹きすぎ、風車は回り、蝉時雨が降りそそいだ。

何かとても幸せな夢を見たような気がして、月原一整は目が覚めた。

桜風堂書店の離れにある彼の部屋には、障子越しに早朝の白い光が射し込んでいて、布団の中でまばたきを繰り返した彼は、てのひらで顔をこすり、枕元に置いたはずの眼鏡を捜した。

(――何の夢だったかなあ)

昨夜はほとんど寝ずに、カフェスペースの開業の準備をしていた。夜明け頃に疲れ果てて部屋に帰ってきて、ここのところ部屋の隅に畳んだままにしていた布団をなんとか敷いて、倒れるように身を横たえたのは覚えている。庭から響く虫の声が心地よく、お疲れ様、お疲れ様、と優しく子守歌を歌ってくれているように聞こえた。

いまはその声はなく、入れ替わりのように蝉の合唱と、野鳥たちのさえずりが、辺りに響き渡っている。

(みんな元気で良いなあ……)

それにくらべて最近の自分は、と苦笑して、あれ、と眼鏡をかけて、身を起こした。

からだが軽い。

(――なんだ、これ?)

つい数時間前までは、肉体の疲れと何よりもいよいよ明後日(あさって)に迫った開店への不安で、胃は痛いし目の下にはくまだし、疲れ果てて死人のようになっていたはずなのに。

いまの一整のからだは妙に軽くて、腕なんか回せばいくらでも回るし、重かったはずの首も肩もそんなの気のせいだったというように、ふわりと軽かった。

(――そんなに長く寝たわけでもないのにな)

首をかしげながら腕を回していると、障子の下の方の、猫の出入りのために障子紙を張らずに開けてある一角から、三毛猫のアリスが顔を出した。

鼻歌でもうたうように楽しげな表情でやって来たのに、起きてしまっていた一整と目が合うと、残念そうな顔をして髭(ひげ)を下げた。

彼女は寝ている一整を起こすのが一日の始まりの楽しみらしいので、がっかりしたのだろう、と一整は笑った。

「ごめんね、アリス、おはよう」

おはよう、の一言を口にしたとき、一整の脳裏にちらりと、夢の欠片のその情景がよぎった。

そこは明るい台所だった。ベランダへの扉が開いていて、小学生くらいの女の子が、こちらに背を向け、ご機嫌な感じで鼻歌をうたっている。ベランダいっぱいに花が咲き、緑が茂っている。女の子はそれに如雨露で水をあげているのだ。

夏の日差しを浴びて、その輪郭は淡くぼやけている。ふりまかれた水の欠片はプリズムとなって虹を作り、輝く。

夢の中の一整は、眩しさに目をしばたたかせる。光に包まれた朝の情景は、ずっと昔の、失われた子どもの頃の、団地の部屋での朝に似ていた。大好きな家族がいて、一緒に暮らしていた頃の、幸福だった朝の情景だ。

ふと、その子が一整の視線に気がついたように振り返り、笑っていった。

『おはよう』

夢の中の一整は、とても幸せな気分で、

「おはよう」

と答えて、その子の方へと足を運んだ。明るい光が射す方へと向かって。

幻のように蘇った夢の中の記憶は、すぐに遠ざかり、消えてしまう。

一整は夢の名残を追いたいような気分になりながら、朝の柔らかな光の中にいた。

夢の中のそれよりも、優しく静かな光の中で、布団の膝の上のあたりにはアリスが飛び乗ってきて、穏やかな表情で喉を鳴らした。

一整はその艶のあるあたたかな背中を撫でてやりながら、ふと、思いだした。

自分は、あの夢の女の子を知っている。

(――ああ、あの子だ)

優しい怪異――初夏からこの七月にかけて何度か見かけた、気がつくとそばにいた、あの笑顔の女の子だった、と思った。

そしてあの子が誰に似ていると思っていたのか、今朝は答えにすぐに思い当たり、ふっとおかしくなって笑った。

卯佐美苑絵に似ているのだ。たとえば彼女の子ども時代は、あんな感じだったのかも知れない、と思う。

奥の壁に貼ったままになっている『四月の魚』のポスターを見上げた。

(――今日、店に来てくれるって言っていたから、連想して夢に見たんだろう、きっと)

仕方がないなあ、と自分を笑いながら、一整は弾みをつけて起き上がり(膝の上にいたアリスはころころと畳に転がって、文句をいった)、てきぱきと布団を片付けた。

顔に触れる。無精髭が伸びている。

(温泉に入りに行く時間、あるかなあ)

少しは身ぎれいにしておきたかった。

久しぶりの再会が、自分でも意外なほどに嬉しくて、まるで十代の少年のようで、いっそかわいいとさえ思えて笑えた。

「俺なんかに好かれていても、卯佐美さんは喜ばないだろう」

肩をすくめ、自分にいいきかせるように言葉にした。

何の取り柄も財産もなく、社交的でもなく、性格が明るくもない。その上、賭けのような山里の書店経営にこの先の人生を定めた一整だ。自分が苑絵なら、嬉しくないどころか気を悪くするかも知れない。

それでも苑絵は優しい娘だから、一整に訪れた不運に同情して（おそらくはそういうことだろう）、店の他の仲間たちとともに、何かと手を貸してくれている。今日などは、カフェの開店の準備のために、わざわざこの山里まで来てくれるという。ありがたいことだと思った。

急な運命の変遷に自分がついていけなかったこともあって、気がつくと一整は苑絵の思いやりや善意に流されるままに甘えてきたような気がする。

（『四月の魚』を推すときに、あんなに素晴らしいポスターまで描いて貰ったのに、気がつけば、ろくなお礼もしていないじゃないか）

自分の情けなさ、いたらなさに深いため息が出た。――きっとこれが、従兄の蓬野純也なら、とっくの昔に心を込めたお礼を済ませ、あれがどれほど嬉しくありがたいことだったか、気持ちを伝えているだろう。いまもポスターを自分の部屋に飾っている、それくらい気に入っているのだと、さらりと語っているだろう。

（今日なんかも、ほんとうは遠慮するべきだったんだろうけどなあ）

彼女がひとりで来てくれると、銀河堂書店の店長から知らせがあったとき、つい嬉しくて、お待ちしています、と答えてしまった。

（――自重すべきだったよなあ）

ここしばらくの陰鬱な気分と前途への不安で、精神的に弱っていたのだなと思う。

窓を開け、夏の朝のひやりとする空気を部屋の中に入れながら、一整は庭の木々の間に見える輝く空を見あげる。

（――せめて、何かお礼の品を用意しておこうかな。何か……卯佐美さんが喜んでくれそうな物を。ずいぶん遅くなったけど）

文房具店の毬乃に知恵を借りれば、なんとかなりそうだ。彼女は何しろ芸術家でセンスが良いし、この町のことに詳しい。素敵なものを見繕ってくれないだろうか。

（俺はそういうことに疎いから）

本のことしか知らず、本の世界でしか生きてこなかった。活字には多少詳しいかも知れないけれど、世の中のことはたいして知らず、女性が喜びそうなものも見当がつかない。

（――というか、もっと早く思いつけば良かった）

彼女が町に着くのは今日の午後。せめて一日早く思いついていれば。

こんなとき、やはり蓬野純也ならば、急にお礼の品をと思いついたとしても、軽々とあの品この品と脳裏に思い浮かべ、即座に手配するのだろうなと思うと、心底、自分が情けなかった。

（いやそれは、あのひとは売れっ子の作家で、大学の先生でもあるんだから、こんな俺とくらべるのは間違いだとわかってるけどさ）

でも、たとえば苑絵だって、蓬野から好意を持たれれば嬉しいだろう、とつい思ってしまう。

（あのふたりなら、釣り合うよな）

一整からすると、苑絵はいっそ浮世離れして思えるほどに可憐で愛らしく、育ちも良いお金持ちのお嬢様で、自分とは違う世界に生きているように思えることが多かった。

銀河堂書店へ新卒の彼女が入社してきたときからずっとそうだ。

彼女は自分の担当の仕事、絵本と児童書への熱意や知識のレベルが高かった。一整の亡き母が子どもの本を好きで集めていたこともあって、一整もそのジャンルには思い入れがあったから、自分の持つ知識の上を行く苑絵が気になり、素直に尊敬してもいた。同じ店に勤めていた頃は、ふと気がつけば目で追っていた。

小さいけれど良く通る声が目立つからなのか、不思議と苑絵のいるあたりには、光が射すように見えた。店がどんなに混んでいるときでもだ。

彼女の担当の児童書の棚と一整が担当していた文庫の棚が隣り合っていたこともあり、そうたぶん最初はそれがきっかけで、ふわふわと店内を移動する苑絵が目についたのだと思う。――それと、苑絵が何かとつまずいたり滑ったり物を取り落としそうになったりしていたので、「あっ」という彼女の声がすると、振り返る癖がついてしまった。

(たぶん、父さんの教えのせいでもあったんだよな)

早くに死に別れた父に、いつもいわれていた。

『誰かが困っていたら、優しく助けてあげるんだぞ。誰も手をさしのべるひとがいなくても、ひとりでも、迷わずおまえが手をさしのべるんだ。それが、ひととして立派な、かっこいい生き方なんだからな』

特に女の子には優しくしてあげなさい、とよくいわれていた。

『頭が良い人間にならなくて良い、金持ちにならなくても良い、そんなことよりも、いざというとき、迷わず誰かにさしのべる手を持つ、そんな人間になってほしいんだ。父さんも、そんな人間になりたいって、長年修行中なんだよ』

がっしりしたからだつきの、大男である父が笑ってそういうと、説得力があったのを覚えている。普段着の正義の味方がそこにいるように見えて。

いまどきの考え方だと、特に女の子には、のくだりはジェンダー的視点からいうとどうだろう、とつい思ってしまうけれど、転びかける苑絵を見れば、いつだって手をさしのべたかった。

一整にはそれが自然だった。

といっても、特に用もなかったし、苑絵も積極的に話しかけてくる娘ではなかったので、助けおこしたその後には短くお礼をいわれるだけ、互いに仕事に戻るだけで、親しく会話することもなかった。それがあの頃の日常で、思い返すとなんだか懐かしかった。

（あの頃はいつもそばにいたんだなあ）

月に一度、日曜日の絵本のコーナーで苑絵が子どもたちに読み聞かせをする、その声を、仕事しながら、聴くともなく聴いているのが好きだった。

どこかで、亡くなった母もこんな風に自分と姉に絵本を読み聞かせしてくれていたのかな、と思うこともあったからかも知れない。

優しい、春の風が吹きすぎるような声だった。野鳥が楽しげにさえずるときの声にも似ていたかも知れない。

でももうあの日常は終わったのだ。彼女とはもう同じ場所で働くこともなく、やがて、ささやかな縁も切れてしまうのだろうと思った。

一整は小さく笑う。

そばにいられなくなれば、彼女が転びそうになったときに手をさしのべることは出来なくなる。それだけが寂しいし、密かに心配でもあった。

けれど彼女のまわりには、幼い頃からの親友である三神渚砂や、たくさんの店の仲間たちがいる。家族仲もとても良いという。一整の手が消えたとしても、きっと誰かが助けてくれると、そう思い、願うしかなかった。

振り返ればささやかで幸せだった日々の記念のために、彼女に贈り物をしよう。あの日々を彩ってくれた、優しく愛らしい同僚のために。

（俺はあの街へはもう帰らない。いつか卯佐美さんとは会えなくなる日が来て、彼女は俺のことを忘れてしまうだろう。忘れてくれても良いから、これが最後の贈り物になっても良いように、何か素敵なものを贈れると良いなあ）

いつか未来に誰が贈ってくれたものか忘れてしまっても良いのだ。彼女の気が滅入ったり寂しくなったりしたときに、そっとそばにあって、心慰めてくれるようなものを贈れたら。一整はもう苑絵のそばにはいられないのだから。

桜野町観光ホテル——通称観光ホテルと呼ばれているらしいそのホテルは、木造の静かなたたずまいのクラシックホテルで、町を見下ろす小高い丘の上にある。

その日の午後、タクシーでホテルに降り立ち、玄関ホールに一歩足を踏み入れたときから、その場所が気に入っていたのだけれど、荷物を運んでくれるベルボーイに誘われて階段を上り、二階の客室に入った途端、苑絵は、

（ここで一生暮らしてもいい）

と思ったほどの美しい部屋に恋に落ちた。

「素敵なお部屋でしょう？」

母が得意気に軽く胸を張る。

「ママね、若い頃このホテルに泊まったとき、一生ここで暮らしてもいいと思ったものよ」

苑絵はくすくすと笑った。同じことを考える辺り、やはり母子なのだった。

茉莉也はいつも機嫌が良いひとだったけれど、今日の彼女は特別に、にこにこしていた。ホテルにチェックインするときに、老いた支配人が待っていてくれて、

「お帰りなさいませ、光森(みつもり)様」

と、笑顔で挨拶してくれたからだった。

光森は、結婚前の母の名字(みようじ)にして、アイドル時代の芸名の名字で、それを記憶していて出迎えてくれたことを、母はとても喜んでいた。

「さすが一流のホテルは違うわ」

何度もそういっていた。母が喜んでいることと、その言葉を聴くのが嬉しいらしく、ベルボーイも母がそういうたびに、ありがとうございます、と柔和な笑みを浮かべて頭を下げていた。

明治時代からここにあり、戦火も免(まぬか)れて歴史を紡(つむ)いできたというこのホテルは、壁紙も家具も何もかもが華やかで麗(うるわ)しく、かつ落ち着いていた。

エアコンがかすかな音を立て、静かな冷気を送っていたけれど、

「日が落ちましたら、消していただいても充分涼しいと皆様おっしゃいます」

と若いベルボーイは微笑んだ。「窓を開ければ、天然のエアコンからの風も入りますし。少々

虫の声がうるさいかもしれませんが。朝には鳥のさえずりもよく聞こえます。この町はなにぶん山の中にありまして、当館は緑の波の中にあるような、そんなホテルですから」

窓から見下ろし、見回すと、絵本の中の情景のような緑に包まれた夏の風景の中に、青い空を映して輝く川の流れが見えた。その両岸に続く街路樹の列があり、その先に可愛らしい建物が並ぶ商店街と——桜風堂書店の姿が見えた。

見えたと思った途端、苑絵の胸は弾むように鼓動をひとつ大きく打った。

まだ一度しか足を運んでいないのに、とても懐かしい場所に思えた。今日、これからあの場所に向かうのだと思うと、背に羽がはえたように嬉しかった。

山里には蟬の声が、時雨のように降りそそぐ。その中を苑絵は、画材の入ったバッグを抱え、目的の書店へと急いでいた。

(もう、なんで白のワンピースなんて着て来ちゃったかな)

半袖のワンピースの上に、銀河堂書店のエプロンを掛けながら道を急いだのは、気が逸ったからだった。似合うからと選んだそのワンピースが、作業には向かないと今更のように気づいたからだった。——こんな汚れたら目立ちそうな、おまけに丈の長い洋服をどうして着て来ちゃったんだろう?

(なんでこうわたしったら、考えが足りないのかな)

こんなとき親友の渚砂なら、適当なシャツにジーパンを合わせ、動きやすい格好で軽々と店に向かうだろう。苑絵のように旅の目的がなんなのか忘れたような、浮ついた失敗はしないに違いない。

「苑絵ちゃん、ちょっと苑絵ちゃん」

日傘を差して後ろからついてきている母、茉莉也が声をかける。「あなた、日傘に入りなさいな。日焼けしちゃうわよ。熱中症になったらどうするの？」

「わたしは早くお店に着きたいの。何か、桜風堂書店さんのお役に立てることがあるかも知れないし。だから、少しでも早く――」

そもそも茉莉也は一緒に来なくても良いのだ、と苑絵はむっとする。

ホテルからは別行動の予定で、苑絵は桜風堂に向かい、母は観光と思い出にふけるために、ひとり町をそぞろ歩く――はずだったのだけれど、母親としては何より先に、桜風堂書店にご挨拶に行きたい気分だったらしい。

（そんなことされたら、いよいよ保護者同伴でお店にうかがうみたいじゃない）

苑絵は泣きたい気分で、店へとひたすらに急ぐ。はきなれないサンダルも足に痛くて、自分が情けなくて仕方がなかった。

山里の澄んだ空気の中とはいえ、暑い盛りの夏の日差しは、焦がすように照りつけ、苑絵は、なんで帽子をかぶってこなかったんだろう、とさらに自分を責めた。

桜風堂書店は、今日からカフェの開業前日まで臨時休業になっていて、苑絵が店に辿り着いたときには、ガラス戸の内側にカーテンが掛かっていた。入り口近くのカフェコーナーらしき部分の大きなガラスの窓にも、レースのカーテンが掛かっている。

呼吸を整えてから、チャイムを鳴らすと、懐かしい声が、はい、と聞こえてきて、ドアベルの音とともにガラス戸が開き、店のエプロンを身につけた月原一整の姿を認めた——あ、足下には猫ちゃん——アリスちゃんだっけ、と思った途端——苑絵は笑顔になったまま、目眩がして、その場にしゃがみこみそうになった。

暑さや睡眠不足やもろもろが祟ったらしい、とくらくらする頭で考え、自分のどうしようもなさに死にたくなっていると、母の茉莉也が、やっと追いついて、うしろから助け起こそうとした。

でもそれより早く、一整が身をかがめ、

「——大丈夫ですか?」

と、慣れた仕草で手を取り、助け起こしてくれた。

「だ、だいじょうぶです……その、ありがとうございます」

苑絵は何とか答えながら、懐かしさに時が止まったような気がしていた。

この手に何度も助けられてきたんだなあ、と、今更のように心震えるような想いがしていた。

本の匂いがする、大きな熱い手だった。

「あらあらあら」

何を思ったやら、茉莉也が楽しげにふたりの様子を見て、落とした日傘を拾い上げつつ、

「ママいま、大変って思って走ってきたのに、走らなくてもよかったかなあ」

うたうようにいうと、三毛猫のアリスを撫で、抱き上げて、顔を見合わせるようにして笑った。

「ちょっとふたりとも、良い感じなのかな?」

ひゅーひゅー、などといって笑うので、苑絵は顔を赤くして、

「そんなんじゃないっていうか、月原さんに失礼でしょう?」

後れてその場に顔を出した前の店主と、その孫の中学生、透もその場の様子を見て、何を思ったやら、にこにこと笑っている。

わたしなんかを相手と誤解されて、嫌な思いをさせていたらどうしよう、と思いながら、苑絵がそっと一整の顔を見上げると、彼は、

「いや、失礼とかそういうことは……」

どこか困ったような、複雑な表情で呟き、

「それより、ほんとうに大丈夫ですか? 今日も暑いですし。少し、休みますか?」

真剣なまなざしで、そう訊いてきた。

「いえ、わたしはすぐにでもお手伝いを」

しゃんとしなくては、と背筋を伸ばしたつもりが、また目眩がして、苑絵は今度も大きな手に助け起こされたのだった。

桜風堂書店の二階には、児童書と参考書、コミックのコーナーがある。今日は、そこを主に担当している来未と、一階のレジを担当する藤森のふたりは、それぞれにカフェ開業の準備のために出かけているらしい。

苑絵には馴染みのある本がたくさん並んでいる、二階の奥にはふたつの扉がある。ひとつはバックヤードへの扉。そしてもうひとつは、住居の側に通じる短い廊下への扉で、その先にはいまは亡き透の祖母、前の店主の妻が生前に使っていたという部屋があった。いまはスタッフの休憩所として使われているらしい。

前の店主は、苑絵をその部屋に案内し、

「良かったら、しばらくここで休まれませんか？」

と、窓辺に置かれた古いラタンの長椅子を勧めた。揃いのコーヒーテーブルに、透が冷たい麦茶を持ってきて、どうぞと勧めてくれた。

壁には本棚が並び、古い絵本や児童書が美しく並んでいた。売り物ではなく、亡きそのひとの愛した本なのだろうと苑絵は思う。

並べられた本のセレクトといい、素朴(そぼく)で美しい調度品(ちょうどひん)の数々といい、かつてここにいたひとの想いや視線がいまも残っているようで、苑絵は陶然(とうぜん)とした。

そのひとは児童書が好きで、読み聞かせも好き、生前は子どもたちを集めて読み聞かせの会をしていたのだと、誰かに聞いたような記憶がある。

(お会いしてみたかったなあ)

きっと話が合っただろう、なんてつい思ってしまう。

ひやりと滑らかな椅子に腰をおろし、勧められるままに冷たい麦茶を口に運んでいるうちに、急な眠気がやって来て、苑絵は、

(少しだけね、少しだけ……)

自分にそういいきかせて、横たわり、目を閉じた。

前の店主や透、一整に母の茉莉也たちが、静かに部屋を出て行く気配を感じた。

「――すぐに行きますから」

と、口の中でいったけれど、聞こえただろうか。

それからどれくらい時間が経ったろう。

数回まばたきするくらいの間だったような、それとも驚くほどに長い時間だったような。

すうっと、水底から引き上げられるように自然に目が覚めて、苑絵は身を起こした。

からだが軽くなり、頭がすっきりしていた。

ふと、誰かの視線を感じて、慌てて居住まいを正しながらそちらを見ると、細く開いた扉の間から、女の子がひとり、こちらを向いて笑っている。

(――あの子だ)

と思った。苑絵のことを、お母さん、と呼んだ夢の中の子ども。

風が吹き渡り、風車が回る、あの草原の駅に立っていた女の子。そして、電車が着いた終点の駅で、苑絵の手を引き、助けてくれた女の子――。

「――夢じゃなかったの?」

長椅子から床に降りようとすると、

『夢じゃないよ』

女の子はいたずらっぽく笑い、扉を大きく開けて、苑絵を招くようにした。

廊下へと身を翻(ひるがえ)す。階段を降りてゆくような足音がした。

「待って」

苑絵は慌ててそのあとを追った。

休んだからだろうか。ふわりとからだが軽く、足早に駆けてゆくその子の背中を苦もなく追いかけることが出来た。

鬼ごっこを楽しむように、女の子は笑みを浮かべたまま、軽やかに駆けてゆく。

古くなってつややかに光る狭い木の階段を降り、廊下を走る。それは苑絵の知らない階段と廊下で、おそらくは店と隣り合っているという、前の店主の住居の側のそれなのだろうなと、苑絵は思う。

やがて少女は一階に降りたち、庭に通じるガラス戸を開ける。靴も履かず、緑が茂る庭を渡って、離れに見える部屋へと駆けてゆく。

「――あっ、その部屋は」

たしか一整は離れに住んでいるといっていなかったろうか。

女の子は部屋に辿り着き、ガラス戸と障子を開けて、部屋へと上がり込む。

苑絵は躊躇いながら、はだしでそのあとを追った。夏草はひんやりと疲れた足に心地よく、踏むごとに緑の香りがあたりに散った。

辿り着いたその部屋で、女の子は苑絵に背を向けたまま、部屋の一角を見上げている。

苑絵が追いつくと、『ほら』とそちらを指さして、笑った。

一整の性格のままに整えられたその部屋の奥の壁には、苑絵が描いたあの『四月の魚』のポスターが綺麗に飾られていた。皺ひとつなく、大切に貼られていたのだった。

「――苑絵、苑絵ちゃん」

誰かが肩を揺する、その気配で、苑絵は目を開いた。

そこは離れの部屋ではなく、あの二階の美しい部屋のラタンの長椅子で、母の茉莉也が床に膝を突くようにして、苑絵を覗き込んでいた。

「大丈夫？　さっきよりは顔色良くなってはいるけど、念のために病院に行く？　近くに昔からある、良い病院があるんですって」

大丈夫よ、と苑絵は笑う。こんなに身が軽いし、時間だって勿体ない。カフェ開業のお手伝いをしなくては――。

苑絵は辺りを見回した。

「――ママ、あの子は？」

苑絵はまばたきしながら、茉莉也に訊いた。

「『あの子』って？」

「ええっと、夢で見た……」

そう口にして、苑絵は、自分は夢を見ていたのか、と思った。

ゆるゆると身を起こしながら、ため息をつく。からだはずいぶん楽になっているけれど、まだあの女の子がすぐそばにいるような、そんな気配を幻のように感じていた。

はだしの足にはサンダルでできた靴擦れのあとだけあって、草を踏んだその名残はどこにもなかった。

母とともに、一階へと階段を降りて行き、一整たちが楽しそうに話している大きなテーブルへと、苑絵も辿り着いた。

大丈夫ですか、大丈夫です、としばらくやりとりが続き、母茉莉也は、

「じゃあ、またあとでね」

と、その場を離れようとした。もう手にカメラなど持っていて、観光客気分に切り替わろうとしているようだった。夕方になる頃、ここに戻ってきて、みんなで食事に行こう、という話になっていた。

「さすがに、観光ホテルさんみたいにはママのこと覚えていてくれるひとはいないだろうけど、でもいいのよ、ママが懐かしいんだから。里帰りした気分を味わってくるわね」

そういって、茉莉也は颯爽と姿を消した。

「――すみません、ご心配かけて。あの、ちょっとゆうべ寝そびれてしまって……」

苑絵はみなに頭を下げた。「もう大丈夫ですので。おかげさまでゆっくり休めました」

「そうですか、それはよかった」

前の店主が優しく、にこやかに笑う。

一整も透も、そこにいる猫のアリスや白い鸚鵡までもが、優しくにこやかに自分を見つめてくれているようで、苑絵はその雰囲気が好きで、ここにいられることが嬉しくて、それと恥ずかし

さから、つい、口を滑らせてしまう。

「――あの、不思議な夢を見ました。わたしに似た女の子が、おいでって、手招きして呼ぶんです。階段を降りて、庭を走っていって。わたしはあとを追いかけて、離れの……」

そこまでいいかけて、自分は何を口走ったのだろうと苑絵は狼狽えた。「いやその、夢の中の出来事で、あの、ほんとなら、月原さんのお部屋に勝手に上がり込んだりなんて、わたしは、しないんです、しないと思うんですけど、あの。そしたら部屋の奥の壁にわたしの絵があって」

苑絵は顔を真っ赤にして、うつむいた。

もう死んでしまいたい、と今日一日だけで何度目なんだろうと自分にツッコミを入れながら、思った。

いったい自分は、なんてことを口走っているのだろう。

(もう絶対、月原さんに嫌われた。透くんたちにも、気持ち悪い、変なひとだって、思われてる)

けれどそのとき、一整がいった。どこか、笑みを含んだ、楽しそうな声で。

「不思議ですね」と。

「ぼくの部屋には、たしかにその、卯佐美さんの絵が飾ってあるんです。とても好きで――気に入っているので。そのことをいつか卯佐美さんに伝えたかったんです。もういえないままになるかなと思ってましたが、ええとその、機会が出来て、夢に感謝ですね。夢の、その、不思議な女の子に」

　いつもより早口で、どこか照れたように、視線をそらして、一整はそういうと、

「冷たいものを持ってきますね」

　急ぎ足で台所に向かった。

「あの」

　苑絵はその背中に声をかけた。「いま、あのう、わたしの絵を部屋に飾ってくださってるって、そうおっしゃいましたか？」

「はい」

　立ち止まった背中が答える。

「気に入ってくださってるって……」

「はい」

　もう一度答えると、それきり背の高い背中は、行ってしまった。

　顔を赤くしたまま、苑絵がうつむくと、その場にいたひとびとは何もいわずに、ただにこやかに、互いに目を合わせたりして、笑っていることがわかった。

　窓にかかるレースが、夕焼けの赤色に染まるくらいの時間まで、カフェ開業の準備やいろんな会話は続き、ひととおり終わって、ここまでにしようか、となった頃、母の茉莉也が帰ってき

た。両手にたくさんの紙袋を提げている。買い物好きの母のことだ。ましてやここは思い出の町なのだから、たくさん買い込んだのだろうな、と苑絵は思った。

笑顔の母は、なぜだか目を赤くして、いった。

「――町のひとたちみんな、ママのこと覚えててくれてたの。商店街のひとも、牧場のひとも。どこにいっても、あ、茉莉也ちゃんだ、おとなになったねえ、って。相変わらず、綺麗で可愛いねえ、って。みんなずっとママのこと覚えてて、応援してくれてたんですって。もう芸能界引退しちゃって、テレビに出なくなって長いのにね。一回きりしか、この町に来なかったのに」

母は天井を見上げるようにして、溜まった涙を振り払うようにした。

「『おかえりなさい』って、いっぱいいわれちゃった。ママ、馬鹿ねえ。もっと早く、この町に帰ってくれば良かったわ」

夕食に出るにはまだ少し早い時間だったので、カフェスペースのサイフォンを使って、一整と帰ってきた藤森が、みなにコーヒーを淹れた。

店内にはコーヒーの良い香りが満ち、ひとびとは熱く美味しいコーヒーと、静かな山里の宵のひとときを楽しんだ。

苑絵は酔うような幸福を感じて、一整が運んでくれたコーヒーを味わっていたけれど、ふと彼は落ち着かない感じで立ち上がり、どこからともなく、綺麗に包装された包みを取り出すと、苑絵に差し出した。

「――大変遅くなってしまいましたが、『四月の魚』の絵のお礼です。あの絵にくらべれば、ささやかなものかも知れませんが、ぼくはとても美しいと思いました」

苑絵は息を呑み、コーヒーカップを取り落としそうになりながら、なかば腰を浮かせ、包みを大切に受け取った。

ベージュ色の和紙に金銀の粉があしらわれ、露草の花の絵が描いてある包装を丁寧に開くと（気がつくと指が震えていた）、そこには、白く薄いショールがオーガンジーのリボンで束ねられ、丁寧に畳まれて入っていた。

透けるように薄く、繊細なそれは見るからに上等な麻だった。そしてその波のような模様が織り込まれた表面のいたるところに、淡く虹色に染められた、細く小さな絹のリボンが、数え切れないほどに、たくさん結んであった。まるで白いさざ波のうえに、小さな虹色の羽の妖精たちが飛び交っているような、そんな情景に見えた。ひとつひとつひとの手で結ばれたものだとわかるので、これはいったいどれほどの時間がかかる細工なのだろうと、苑絵は息を呑んだ。

「ほう、これは見事なショールですね」

藤森が気持ち身を乗り出して、いった。「この町は昔から、織物が盛んで、麻も絹も名産品だったんです。いまじゃその数も減りましたが、歴史的に職人の住まう地でもあるんですよ。――で、最近、若者たちの中で、失われてゆきつつあるその技術を受け継ごうという動きがありましてね」

ちらりと楽しげに一整の方をみる。

一整がうなずく。

「商店街の仲間に、染め物と織物をするひとがいて——あ、合同サイン会の時に、卯佐美さんもきっと会場でお話ししてると思うのですが——そのひとがまさにその運動の中心にいるひとりなんです。こしらえた物を使って、町おこしができないかと考えてるみたいで、みんなで、いろんな新しい土産物(みやげもの)を企画中なんだそうです。

これは、そのひとが織り、染めて、作ったばかりの、試作品みたいな一枚なんだそうです。お気に入りの一枚だから、よかったら、と渡してくれました。試作品、というとお礼の品にはふさわしくないと思わなくもなかったんですが——あまりに、美しかったので」

苑絵はショールをふわりと抱きしめた。

「ありがとうございます」

嬉しくて、言葉にならない。でも、それじゃ駄目だと口を開いた。

「——あの、試作品ということは、世界で一枚しかない品物だってことでもあると思うんです。まだどんなお客様もその存在を知らない、生まれる前の美しい品物だということ。誰も知らない世界にたったひとつの宝物をいただいたみたいで、わたし——とても嬉しいです」

苑絵の隣で、ショールを見つめていた茉莉也が、深くうなずきながら、いった。

「これはたしかに、とても――とても美しいショールだわ。そう、この町にはこれだけのものを企画して作れる若い人たちがいるのね」

茉莉也は腕組みをして、数度うなずいた。「一度、その方たちにお会いしてみたいわ。うちの会社で何か応援できることがあるかも知れない」

「ほんと、ママ？」

「ええ、これだけのレベルのお品が作れて、同じレベルのものがいくつも企画できるのなら、たとえばうちの会社の製品として売り出させていただいてもおかしくないわ。むしろ許されるなら、もう少し簡略な細工とデザインにして、うちが契約している工場の職人さんたちにお願いして、たくさん作れると嬉しいくらいかしら」

藤森が笑顔でうなずく。

「工場や大勢の職人も、この町ですべてまかなえるかも知れません。若者たちに技術を伝えてくれている、老いたりとはいえど、まだ充分現役の職人たちも町にはたくさんいます。古くなりましたが、まだ使えるだろう、工場と機械もあります」

かつて稼働していた、たくさんの職人を抱えた工場は、不況の折、企業が引き上げたことで閉鎖され、機械はそのまま置き去りになり、職人たちはなすすべもなく仕事をなくしたのだと藤森はいった。それから長く時が経ち――。

「――そうなんですか。まあそれは、なんてもったいない」

茉莉也は不敵な笑みを浮かべた。「これもまた縁と出会いでしょう。わかりました、わたくし、この町でいろんな方にお会いして、お話をうかがってみますわ。そしてもし、みなさんがそれを望むなら、わたくしの会社がその工場を引き継げるように、なんとかしてみます」

苑絵は、茉莉也を見上げた。

茉莉也は任せておきなさい、というように、うなずいた。

「みんなで美しい品物を作り、世界にその品を送りだして、みんなで豊かになりましょう。――大丈夫。苑絵ちゃんも知ってるように、ママ、商売の才覚はあるし、絶対に損はしない、させないだけの運もあるから」

苑絵はうなずいた。そう、このひとは世界を相手に渡り合う、一流の商売人なのだ。このひとに任せておけば、心配はない。母が舵を取る限り、その仕事は安泰なのだ。

穏やかな笑みを浮かべて、茉莉也はゆっくりと皆を見回し、いった。

「この町を豊かにすることに手を貸してさしあげたいのです。なぜって、この町はずっと昔から、わたくしの故郷だったんですもの」


一整は、苑絵と苑絵の母に商店街を案内し（当然、文房具店の毬乃のところにも顔を出し、苑絵親子と彼女を引き合わせた。毬乃はショールを手にした苑絵を見て、うん、似合いそう、と大喜びだった）、一行は、郷土料理を出すお店で、舌鼓を打った。

食事の後、夜になり、天空に星の光がまたたく時間になった頃、一整はふたりを丘の上のホテルまで送っていくことにした。透もついてくるという。

日が落ちて肌寒くなったので、苑絵は白いワンピースの上にあの美しい白いショールを羽織(はお)っていて、その様子は天使のようだとひそかに一整は思っていた。――でなければ、ウエディングドレスのようだ、とちらりと想い、すぐにその想いを打ち消した。

部屋にポスターを飾っていることを伝え、絵へのお礼の品を渡せたこと、それを苑絵が喜んでくれたことだけで、自分はもう満足しなければいけないのだと思おうとした。

明かりの灯るホテルの玄関で、一整と苑絵は、どちらからともなく、おやすみなさい、と言葉を交わした。――そして、

「また明日」

互いに笑顔でそういって、別れた。

また明日、といえることは、嬉しいことなんだな、と一整はそっと噛みしめた。

桜風堂への帰り道、透が一整の背中をつついた。

「告白とかすればよかったのに。しないかなあと思ってついてきたんだよ、ぼく」

「いや、そういう関係じゃないから」

一整は咳払(せきばら)いした。

「そうかなあ」

「そうだよ」

透は一整の前に回り込み、笑った。

「ねえ、卯佐美さんってさ、絶対一整さんのこと好きだよ。一整さんもそうでしょ？　告白しなよ。つきあっちゃいなよ」

「まったくもう」

一整は苦笑した。

透とその親友たちは、中学生になり、声も変わって、女の子に興味が出てきた年頃なのか、桜風堂に遊びに来ても、よくそんな話をしている。肌もあらわな美少女が表紙に描かれたライトノベルを手にはしゃいだりとか。

困ったものだなあ、と思いながらも、子どもの頃、思い詰めることが何かと多かった繊細な透が、気がつくと年齢相応（そうおう）の明るい少年になっていたことが、一整は嬉しかった。自分には弟はいないけれど、やはり弟を見るような目で、見ているのかも知れなかった。

「おとなをからかうもんじゃないぞ」

はーい、ごめんなさい、と透は笑った。

「でもお似合いだと思うよ」

ぺろりと舌を出しながら。

その夜おそく、心地よい疲れを感じながら、一整は明かりを落とした店で、ひとりカフェ開業の準備を続けた。

(夢に出た女の子、か――)

苑絵から聞いた話が気になっていた。

夢かうつつかわからないけれど、一整の部屋にあのポスターがあると苑絵に教えてくれたというのは――まさかあの、一整も知っている、優しい怪異なのではないだろうか。

(――いや、まさかね)

あれきり出なくなった、あの不思議な女の子は、いまとなっては、幻のようにも思える。今朝見たのと同じ、夢の中の出来事のように。

一整は微笑み、作業を続けた。

それでもさすがに、重なっている疲れが出て、いつかこっくりこっくりと、うつむいて、うたた寝を始めた。

ふと、テーブルのその傍(かたわ)らに、湯気(ゆげ)の立つホットミルクを誰かが置いてくれたことに気づいた。ふわりと甘い優しい香りがした。

「――ありがとう」

透だろう、と、振り返らずにお礼をいった。

一整は気づかなかったけれど、薄暗がりに立っていたのは、あの謎の女の子だった。

『がんばってね、「お父さん」』

その口元がそっとささやいたことにも、一整は気づかず、よーし、もう少し頑張るか、と腕を回すと、作業の続きに取りかかった。

優しい怪異は、そっと微笑むと、部屋の薄闇の中に、すうっと消えていった。

『また会おうね』

そうささやきながら。

第二話　秋の旅人

麓の街からの帰りのバスの、窓の外の山の景色は、すっかり秋めいて、赤や黄やいろんな色に木々の葉が染まっている。

透は読みかけの文庫の頁からふと目を上げ、幾度見ても見飽きない、妙音岳の鮮やかな色彩に見とれた。

中学生になって、背も伸び、声も低くなったけれど、登下校がバスなのは変わらない。中学校もまた桜野町にはなく、山の麓の大きな街の中学校に通っているからだ。スクールバスではなく、町のひとたちと一緒に、町営の古いマイクロバスを使うようになったという違いはあるけれど。

いちばん後ろの席に三人並んで腰掛けていた、変わらず一緒の友人ふたりも、透の視線に気がついたのか、窓の外を見つめた。

中学生になって、残念ながらクラスは別々になってしまったけれど、登下校が一緒で、よくつるんで遊ぶのも変わらないままだった。不思議なくらいに気があう仲間だということも、三人とも桜野町が大好きで、ずっと住んでいたいと思っていることも変わらない。

「綺麗（きれい）だよなあ」

楓太（ふうた）が、少し鼻にかかった声でため息混じりにいった。座席から腰を浮かせるようにして、通り過ぎる紅葉（こうよう）を見送った。

「この美しさは世界中に知らせるべきだと思うから、ここはひとつ、動画に撮（と）ってアップしようかな」

ここのところ、楓太は動画の制作に凝（こ）っていた。もともとセンスが良いところに、高価な機材は家に家族が使っている物があるので、みるみるうまくなっている。最近では、「桜野町便り」という、町の魅力を中学生目線で紹介する番組を作って、YouTube やSNSで公開し始めた。町内のいろんなひとにインタビューしたり、アンケートを取って統計を出し、結果を発表したり（その辺（あた）りのことは透も手伝った）、番組はまだまだ有名ではないけれど、少なくとも、町のひとたちには喜ばれているようだ。

気持ちが動画の方に行ってしまったのか、目があらぬところを見つめたと思ったら、耳のワイヤレスイヤフォンがひとつはずれそうになったようで、楓太は慌（あわ）てたように受けとめて入れ直した。そんなふうに、何回となく落としてはなくしていることを知っているので、透もまた一瞬焦（あせ）り、胸をなで下ろした。背が伸びて、前よりずいぶんおとなっぽくなっても、おっちょこちょいなところは変わらないのだった。

「動画作るなら早くしたほうが良いぞ。紅葉の時季って意外と短いから」

同じく紅葉を見つめるのは、知る人ぞ知る天才ヴァイオリニスト少年の音哉だった。文才もあり、作家志望の彼は、楓太の動画のＢＧＭを作ったり、シナリオ作成や構成を手伝ったりしていた。

「音哉、ＢＧＭまた作ってくれる？」

「そんなの頼まれる前に作ったよ」

ふふん、と音哉は笑い、軽い鼻歌で、静かにメロディをうたった。

透は、楓太と一緒に、ただ息を呑む。

「いつも思うけど、すごいね、音哉くん。この短時間に曲が出来ちゃうんだ」

「おまけに、今回もすごいいい曲じゃん」

音哉の作曲が速いのは知っている。いままでにも何度も見てきた。でも今日のは、魔法じゃないかと思った。バスが森の木々の間を、ほんのちょっと走った間のことじゃないか。

「才能って罪だよな」

音哉はもじゃもじゃの髪をかき上げた。「自慢じゃないが、いつも息をするように曲が出来るんだよね。一瞬で、最初の音から最後の音まで閃くんだ。こういう説明でわかるかな？」

「へえええ」

透と楓太は同時に声を上げる。

「自分の天才性が怖いよ」

さらりといいながら、目が嬉しそうだった。

「すぐ思いつく代わりに、どんどん忘れていくんだけどね。紙や何かのアプリに保存しておかないと、頭の中で変わっていくし」

そういいながら、スマートフォンをポケットからとりだして、五線譜が表示されるアプリにメロディを書いてゆく。

「――お。台風が来るみたいだぞ。いよいよ急がないと、紅葉はみんな散っちゃうかも」

音哉のスマートフォンの画面の上の通知欄に流れる、台風情報のニュースを、透と楓太は横からのぞき込み、音哉はふたりにスマホを見せようとして――。

『えー、後ろの席の、中学生三人組、危ないから、ちゃんと座席に座るようにしてください。あとおしゃべりは、バスを降りてから』

運転手さんに注意されて、三人はそれぞれ、はーいはーいと答えると、座席にきちんと座り直した。乗り合わせたお年寄りたちは笑っている。

透は軽くため息をつく。

（そっか、台風か）

十月といえば、台風シーズンでもあったなと今更のように、思っていた。

（散っちゃうだろうな、紅葉）

山の上の町は、あっという間に冬になる。冬は冬で好きだけれど、もう少し秋を楽しんでいたかったのにな、と透は思った。

桜野町の辺りは、天候の変化に影響を受けやすい。何しろ、標高の高いところにある町だ。天候が荒れれば、山の草木は風に煽られ、枝や幹が折れて道に倒れ、道路は塞がれてしまう。大雨が降り続けば、土は緩み、崖は崩れる。昔は方々に吊り橋もかかっていたそうだけれど、その橋も風に煽られて何度も落ちたそうで、秋の台風が来る時期には、里のひとびとは「そういうもの」だと諦めて暮らしていたらしい。

といっても、昔は豊かだった町だ。暮らしに必要なものはなんでも揃っていた場所でもあり、食べ物や水に困ることもない、充分自給自足できる、豊かな地であったので、麓の街への道が閉ざされても、さほど悲愴な感じにならなかったとか。

そもそも、下界からは遠い、隠れ里のような――いや実際にその昔から、何らかの事情があって身を隠さなくてはいけなかったようなひとびとが多く訪れ、辿り着いた場所だったといわれている。古くから名湯の地として知られ、観光地としての歴史を持ちながら、どこか密やかな、当たり前のひとびとの暮らしと隔絶された地のようでもあるのだった。

「追われ、逃れてきたのは、人間だけじゃなかったんですって。そんな話を、昔、あなたのお父さんから聞いたわ」

小さい頃に、そんな話をお母さんから聞いた。まだお母さんが再婚する前、都会のマンションでふたりで暮らしていた頃のことだ。

お母さんが心の病気になる前、元気で仕事をしていた頃のこと。

夜遅く、ベッドに入る前に、ガラス越しの夜景を見ながら、桜野町の伝説を聞いた。お母さんはお酒を、透はココアを飲みながら。

お母さんは都会生まれ、都会育ちだったけれど、桜野町で育ったお父さんから、たくさんの民話や伝説を聞いて覚えていた。そしてそれを、野鳥のお母さんが雛に口移しで食べ物を与えるように、透に聞かせて育ててくれたのだ。

透が本好きの少年になったのは、大好きなおじいちゃんと亡くなったお父さんが書店員であったことの他に、お母さんから聞いた、桜野町の数々の伝説の影響があったのかも知れない。

あの夜の、ココアから上がる、甘い香りの湯気を覚えている。桜色のマニキュアを塗ったお母さんのきれいな白い手も。

「昔々——といっても、明治も近いような頃だって聞いたかな。秋のある夜、傷ついた一匹の狐が、桜野町の——その頃は桜の里、と呼ばれていた里に辿り着いたんですって。

若く美しい、金色の狐で、背中に狩人の矢を受けて、酷い傷を負っていた。傷に効くという、温泉に入るために若い娘に化けてやってきたのね。夜の闇に紛れて、里に辿り着いた娘は、初めて間近(まぢか)で、人里に灯(とも)る明かりを見て、怖いよりも先にきれいだと思ったんですって。なんてあたたかな色なのだろう、お日様のようだ、と。

　家々から漏(も)れ聞こえる、里のひとびとの笑う声や家族に語りかける優しい声に、山のひとりぼっちの暮らしにはない、あたたかさを感じたの。それから七日、狐はひとの姿で里の温泉に通い、七夜、ひとの暮らしにふれたんですって。

　見知らぬ旅の娘、長くつややかな髪の色がずいぶんと明るい、いっそ金色に見える娘に、里のひとたちは優しかった。ひとと目が合えば怯(おび)える娘に、どこから来たかと訊(たず)ねることもなく、傷を負った娘を気遣(きづか)い、ただ優しくしてくれた。――桜の里は、追われる者、傷ついた旅人に優しい、そういう里だったから。

　七日目の夜、その夜は月の明かりがひときわ美しい夜だったそうだけど、湯を浴びた後の娘は、草むらで倒れてしまったの。傷は良くなってきていたのだけれど、まだまだ深く、湯あたりして、ふと目眩(めまい)がしてしまったのね。

　そんな娘を、通りかかった若者が助けおこし、夜だし、不用心でもあるからと、近くにあった彼の粗末な家に連れていって寝かせてやったそうなの。そうして自分は娘がゆっくり休めるようにと朝まで家の外に腰をおろして月を見ていたそうよ。

　独り暮らしの若者は、森の木々から茶碗や箸(はし)や、いろんな道具を作り、それらに獣(けもの)や小鳥、花々を彫(ほ)ることを仕事にしていて、家の中には若者が作ったたくさんのあたたかみのあるものや、愛らしいもの、美しいものが置いてあったの。

狐の娘は、ひとの手が作る、そういうものを見たこともふれたこともなかったから、その美しさに驚いて、窓から入る月の光の中、いつまでも手に取り見つめていたんですって。若者は若者で、娘の具合が心配で、そっとのぞいた部屋の中で、月の光を浴びて器（うつわ）を手に取る娘の美しさに見入ってしまったのね。若者はそれまでたくさんの美しいものを目にし、作り上げてきたけれど、こんなに美しいものを見たことがあったろうか、と思ったそう。

そして、その夜がきっかけになって、狐の娘は毎晩の湯治（とうじ）のたびに、若者の家を訪ねるようになり、若者はそれを待ちわびるようになり。

やがて傷が癒（い）えた頃、娘はほんとうなら、もう山に帰らなくてはいけないとわかっていたけれど、若者と離れがたく、若者もまたそれを望んだので、ふたりは夫婦として、そのまま一緒に暮らすことになったの。

娘はずっと人間の姿のまま、自分がほんとうは狐だということは話さなかった。若者は金色の髪の娘が何かを隠しているとわかっていたけれど、訊けばきっといなくなってしまうとわかっていたので、何も訊かなかった。

そうしてふたりは、秋の紅葉の美しい頃に、若者の小さな家で、暮らし始めた。若者のこしらえたたくさんの美しいものに囲まれ、娘は、里のひとびとに迎（むか）えいれられ、幸せに暮らしていたんだけど――」

お母さんの美しい表情が曇る。

透は、このお話は何回も聞いて覚えていたけれど、いつもここで終われば良いのに、と思う。いつまでも幸せに暮らしました、っていう終わり方が良いのに、と。

けれど、狐の娘と木地師の若者のお話は、そんなふうには終わらない。

「桜の里のそばは水が豊かで、沼や湖がいくつかあるのだけれど、そのひとつの、いちばん大きくて途方もなく古い湖に、年老いた龍神が眠っていたのね。竜は、昔から、妙音岳を守る七柱の神の一柱だった。そして竜は野の獣や小鳥、草木や花を愛する神で、それを傷つける人間によい感情を抱いていなかった。野山を畑にすることも、森の木々を切り倒すことも、よく思っていなかった。

竜は長い長い間、うたた寝しながら、里の人間たちの暮らしを見守ってきたんですって。そしてある秋の日に、繰り返されてきた人間の罪と過ちを憂い、これはもう滅ぼす方が、地上の生きものたちのためになると、大きな嵐を呼び、里を滅ぼしてしまおうとしたの。

人間の目には龍神の姿は見えず、ただ大きな嵐が襲ってきたと思ったけれど、狐の娘には吹きすさぶ嵐の中に、黒い竜の姿がはっきりと見えたのね。この里は滅ぼされてしまうだろうということもわかった。狐の娘は悩んだ末、狐の姿に戻ると、恐ろしい雨風が吹き荒れる中で、龍神に願ったそうなの。

『里の者たちをお許しください。みんな優しい者たちなのです。野山を壊し、森の木々を切り倒す恐ろしい手も持っていますが、美しくあたたかなものを作りだす手と心も持っています』

けれど龍神は狐の言葉に耳を貸そうとしなかったの。

『おまえもまた野の獣。里の者に追われ、その身を傷つけられた身の上なのに、なぜ里の者を赦すというのか』と。

狐の娘は、考えた末、嵐が吹きすさぶ妙音岳の野山を一晩の間に駆け抜けて、山を守る残り六柱の神に、龍神を止めてくれるよう、頼んだの。

六柱の神は、恐ろしい嵐の中を駆けてきた狐の娘の想いに打たれ、また里に住む者たちを好いてもいたので、みなの力で龍神をとどめ、ふたたび深い湖の底で眠りにつかせたんですって。

ただ、狐の娘は、その一晩で狐の霊力を全て使い切ってしまい、もうひとの姿になることが出来なくなったので、若者に別れを告げて、それきり山に帰っていったの。狐はもうひとの言葉を話せなかったけれど、悲しそうなまなざしと、一筋流した涙で、若者はあれがあの不思議な娘なのだと気づき、そして、それからは娘が帰るのを待って、独り身のまま、一生を終えたのですって」

「誰とも結婚しなかったっていうこと?」

「——そう」

とっても強かったのね、とお母さんが呟いたのを、透は覚えている。

「桜野町には古い祠がいくつかあって、そのうちのひとつに、若者が彫ったっていいつたえられている、綺麗な狐の像が祀られているんですって。お父さん見たことがあるっていってたわ。いつか見に行こうね、って約束してたんだけど――」

その狐の像を、透は見たことがある。狐の娘のお伽話がお気に入りだったので、見たいといったら、おじいちゃんが連れていってくれたのだ。

川を渡る橋のそばにある、古い祠の中に静かに佇むその像は、とても美しかった。長い首をうつむかせ、ふさふさの尾を足に巻くようにして座っていた。時を経た証拠のように、つややかに光って、神々しく、女神さまの像のように、優しくも見えた。

「いまでは町を守ってくれる神様として、大切に祀られているんだよ」

おじいちゃんは、そういった。

お母さんと交わしたその約束は叶わないままに、透のお父さんは若くして亡くなり、お母さんは不幸な再婚をし、心を病み長く入院して離婚した後、――いまは都会でひとり暮らしている。リハビリを兼ねて、独身時代に勤めていたデザイン事務所で、デザイナーとして復帰したのだった。

透はお母さんの暮らすマンションにたまに訪ねて行き、互いにいろんな話をして、自分だけ、また桜野町に帰る。お母さんは見違えるようによくなって、表情が明るく、よく笑うようになった。

いずれ高校や大学に進学する頃には、自分は都会に帰ることになるのかも知れないと、透は思っている。

将来の夢はまだ決まっていないけれど、どんな未来を選択するにしても、進学先の幅が広く、選択肢が増える都会に一度は出た方が良いと――これは、おじいちゃんの意見でもあった。

「桜風堂書店には、一整くんがいる。おまえはもう、店の灯を守ろうとしなくて良い。どこへでも自由に羽ばたいて良いんだよ」

優しくいったおじいちゃんは、若い頃、やはり都会で暮らしたことがあり、故郷に戻るかどうか迷ったこともある、と話してくれた。

「たくさん迷い、悩んだけれど、おじいちゃんは、この町に戻ったことを後悔してはいない。むしろ、大好きな故郷へ戻ってきて良かったと、いままで数限りなく嚙みしめてきた。おじいちゃんごときにも、町のために出来ることがあって、桜風堂書店を通して、ささやかにみんなの幸福に役に立てたかな、なんていうふうにも思っている。

――けれど、透、おまえは元々都会で生まれ育った子だ。もしこの先、おまえが都会に帰って、そちらの方が自分には合っていると思ったら、そのときには、もうここへは帰ってこなくていいんだよ」

細く、しわしわになったけれど、温かな手で、おじいちゃんは透の頭をなでてくれた。小学生だった透が、桜野町で暮らし始めた頃に、よくしてくれていたように。慈しむような深く優しい瞳で、透をじっと見つめて。

（うん、ぼくはたぶんいったんは都会に帰るよ。お母さんのそばにいてあげたいし。――だけど）

　窓の外の風に揺れる紅葉を見つめて、透は静かにうなずく。

（たとえその道を選んだとしても、ぼくはきっとまた、桜野町に戻ってくる。だってもう、ここが――山の中にある小さな古い町が、ぼくの帰りたい故郷で、生涯を暮らす場所だって思うから）

　遠い昔のお伽話で、狐の娘が思ったように。地上に優しくあたたかな灯を灯し、優しい声を掛け合い、よく笑い、居場所の無いひとびとや、傷ついた旅人に優しい――そんな町で、自分は変わらず暮らしたい。その町を住民みんなと手を携えて守り、できうるならば、より大きく幸せな場所になるように、力を尽くす、そんなことが出来るなら。

（お父さんも、いつか桜野町に帰りたかったんだよね）

　自分が小さな頃に死んでしまったそのひとのことを思う。都会の書店員で、いつかは里に帰り、桜風堂を継ぐことを夢見ていたという、明るい笑顔で笑うひとのことを。

（お父さんの分も、ぼくはがんばるから）

　小さく拳を握り、透は微笑んだ。

数日後、天気予報の通りに、嵐がやって来た。

その朝、透や桜野町の中学生たちは、雨風の中をなんとかバスに乗り込んで登校したものの、台風が夕方には近くを通りそうだということで、授業が午前中までとなり、生徒は帰宅することと決まった。——正確には、そう決まったらしいと、職員室まで先生たちの会議の様子をうかがいに行った男子が、廊下でその決定を聞き、走って情報を伝えに来た。

授業の打ち切りが決まって、盛り上がらない中学生はいない。わっと声が上がり、賑やかな教室の一角で、透は近くの席の子たちと、なんということもない会話を交わしていたのだけれど、ふいに強い風が吹きすぎてガラスが驚くような大きな音を立てたとき、窓を振り返って、

(風の又三郎が飛んでそうな空だなあ)

と、ふと思った。

宮沢賢治の『風の又三郎』。

物語の最初に書かれた、詩のような、呪文のような言葉を思い出す。

どっどど　どどうど　どどうど　どどう
青いくるみも吹きとばせ
すっぱいかりんも吹きとばせ

どっどど　どどうど　どどうど　どどう

風はいよいよ強さを増して、窓ガラスを鳴らして行き——透は、風が吹き荒れる校庭に見えたものに、一瞬、目を留めた。

校庭に、こちらに背を向けて、誰かが立ち尽くしている。長い髪の女の子だ、と思った。どこの学校の制服だろう。見慣れない、セーラー服を着ている。

雨風が吹き荒れる中で、砂埃（すなぼこり）もふりかかるだろうに、一心に何かを見つめているように見えた。そうだ、何かを見つめている。遠く見上げている。——何を？　どこを？

校庭の向こう、大きな街の後ろにそびえる妙音岳を、その上にある桜野町の方を見上げているように、見えた。

ふと、その子の背中が震（ふる）え、こちらを——透の方を振り返った。そんな気がした。

窓越しに、目が合った、と思ったとき。

急ぎ足に歩く、スリッパを引きずる足音がして、大柄な担任の先生が、がらがらと教室の戸を開いた。

「こら、静かにしないか。おまえらの雄叫（おたけ）びが、職員室まで聞こえるぞ」

子どもたちは、きゃーきゃーと声を上げたり笑ったりしながら、きちんと席に着く。

先生が、みんなに頭を下げた。

「おはようございます」

透は他の子たちと一緒に先生の方を向き、学級委員のかけ声にあわせて、朝の挨拶(あいさつ)をした。

「今日は台風が接近してきているので、授業は早く終わります。気をつけて帰るように」

はい、はい、と、あちこちで声が上がる。嬉しそうな声に、先生は仕方ないなあ、というように苦笑(くしょう)して、軽くうなずいた。

担任は、言葉はときどきちょっと荒いけれど、明るい感じの先生で、とても本好き。国語の先生だ。大きな街にも書店はあるのに、桜風堂まで本を買いに来てくれることもあるので、透は好きだった。たまに本の貸し借りをすることもある。

窓ガラスが、また、風で鳴った。

透がはっとして、窓をもう一度振り返ったときには、校庭に、あの女の子の姿はなかった。

(気のせいだったのかなあ)

透は首をかしげた。——すぐに納得(なっとく)した。

きっと風に吹かれる何かを見間違えた錯覚(さっかく)だったんだろう。

そう思ったとき、先生が思い出したというように、開いたままの引き戸越しにいる誰かに、声をかけた。

「葛葉(くずは)さん、いらっしゃい」

呼ばれるままに、廊下から教室に入ってきたのは、長い髪の、見慣れない制服を着た女の子だった。肩に掛かり、背中に流れる髪は、ほとんど金髪といっていいような淡い色で、つややかに美しかった。

「転校生の葛葉千晶さんです。ご家族の仕事の関係で、この街に引っ越してきました。急な転入で、おまけに、あまり長くいられないそうだけど、みんなの仲間として、迎えてやってほしい」

転校生は、緊張しているのだろうか、どこか無表情に、ぺこりと頭を下げる。長い髪がさらりと揺れる。男子よりも女子の方が、わあ、とか、きゃあ、とか、素敵、とか小さく声を上げている。

すうっと上がる白い顔に、琥珀色の切れ長の瞳が綺麗だった。

(――なんというか、美少女っていうか)

透はつい、見とれていた。

それはどこか、人間ではなく、絵のような、夢の中の存在のような美しさで、同じ教室の中にいても、遠くにいるように感じられるような、そんな綺麗な少女なのだった。

(楓太くんや音哉くんがここにいたら、大騒ぎだっただろうなあ)

音哉も楓太もノリが良く、ロマンチストで、物怖じしない。そして楓太は、転校生の世話を焼くのが大好きだ。先生がそこにいるのも忘れて、立ち上がり、満面の笑みで自己紹介くらいしているだろう。

そんなことを考えながら、透は、あることに気づいて、すぐにそれを打ち消していた。

転校生が、さっき校庭にいた女の子に似ているように思えたのだ。

（いや、でも、そんなはずは……）

ついさっき、校庭にいた女の子が、いま急にここに現れるはずがない。

まさかそんな、風の又三郎じゃあるまいし。

都会から来た転校生なのか、それともガラスのマントを身にまとう風の神様なのか、正体がわからないまま、また転校して行ってしまう謎の少年の物語が、透の脳裏（のうり）をよぎる。

（だいたい、校庭にいたあの子は、ひどい雨風の中に立っていたんだ。びっしょり濡れているはずだ。いまそこにいる転校生は、髪も制服もわずかも濡れてやしないじゃないか）

長い髪の転校生は何を思うやら、ふわりと透に目をやり、琥珀色の瞳でじっと見つめた。


給食の時間の後にはそれぞれ帰宅することになった。

街中では滅多（めった）にないような嵐の荒れ狂いっぷりに、子どもたちは、きゃーきゃーと楽しげな悲鳴を上げ、校舎の玄関をくぐり、帰って行く。吹きすぎる風に傘がひっくり返っても、制服がびっしょり濡れて、髪が顔に貼（は）りついても、楽しくなってしまうのがこの年頃だ。生徒たちを見送る教師たちは、時に叱（しか）り、時にやれやれと苦笑しながら、帰宅する子どもたちを心配していた。

そんな中で、帰るに帰れなくなったのが、透たち、山の上から通っている、三人の子どもたちだった。桜野町や近隣（きんりん）の町から通っている中学生は、いまは透たち同学年の三人だけだったのだ。

すぐにも帰りたい気持ちはあったけれど、町営のマイクロバスは、今日はいつも乗る夕方の便は運休との連絡が中学にあったとのことで、夜にならないと再開しない。

担任の先生に相談して、とりあえずは学校に残る許可をもらった。図書館の鍵（かぎ）を開けてもらって、バスが来る時間まで、ここで過ごしなさい、といわれた。

みんな帰ってしまって、しんとした校舎にいると、嵐が窓を揺さぶる音が、からだに響くようで、透は怖かった。

三人だけで図書館にいると、古い本が並べられた空間が、いつもよりさらに広く、静かに感じられて、それも怖かった。遠く近くで響く風の音と、叩きつけるような雨の音が、校舎ごと自分たちを揺さぶるようで、恐ろしい。

この中学校の図書館は、二階建てになっていて、とても広かった。歴史がある中学校で、図書館も古いと聞いたことがある。ただ、あまり手入れされていないのか、古い本が、凍（い）てついた氷か化石のように、棚にぎっしりと詰まっていて、その雰囲気（ふんいき）もどこか不気味（ぶきみ）に、よそよそしく思えたのかも知れない。

本が好きな透でも、この図書館はちょっと苦手で、あまりのぞいたことがなかった。常駐（じょうちゅう）している司書（ししょ）さんがいないせいか、戸が開いていないことが多かったから、ということもある。

どれだけたくさん本が並んでいても、ここにある本は死んでいるか、眠っているようで、桜風堂書店に並んでいる本たちのように、生き生きとした、話しかけてくる感じはしなかった。

(いくら本が好きでも、この図書館にいるのは、息が詰まるんだよね)

友人ふたりも透と変わらず本が好きだけれど、そのぶん、たぶん同意見だろうと思う。

スマートフォンで調べた感じでは、台風はこの午後から夕方にかけてがいちばん吹き荒れるようだった。当初の想定より速度が上がり、勢力が弱まったそうで、一気に駆け抜けてはくれるようだ。

透たちが乗る町営マイクロバスの夜の便は、街で働いているおとなたちの帰宅と一緒になりそうだった。

(帰る頃には真っ暗だろうけど、おとなと一緒なのは安心な気がするな。町内の、顔馴染みのひとたちがほとんどだろうし)

夜まで、ゆっくりバスを待てば良いのだ、と思っていても、心の奥でびくついている。

慎重で心配性な透としては、吹き荒れるこの雨風で、道路が通行止めになったりして、せっかくバスが来る時間になっても、町まで帰れなくなるんじゃないかな、なんていう風に、ついそんな情景を想像してしまうのだ。

いつも、いちばん悪い未来を想像する癖があった。お母さんにはそれでいつも、

「透は想像力がありすぎるのよ」

なんて笑われてきたけれど。

（だけど、悪いことが起きる可能性について、先に考えておくと、その悪いことは起きないような気がするところもあるんだよね）

ジンクスかも知れない。だから透は、いつも、悪い可能性について、ひととおり想像して、心の準備をしておくようにしている。

（何事もなければそれでいいんだし）

人生では、いつだって、いちばん悪いことも、逆にいちばんいいことも、想像していないことが、思わぬタイミングで起きるような気がする。

神様なんてものがもしいるとしたら、人間をびっくりさせるのが好きなんだろう、と透は思っている。ちょっと意地悪な――でなかったら腕が良い、売れっ子の作家みたいな。

「このまま何時間も学校で時間を潰すのも何だし、タクシーで帰る？」

縮れた前髪をかき上げながら、音哉が訊いてきた。

楓太が首を横に振りながら、両手を広げる。

「とんでもないよ、割り勘にしたって、高いじゃん」

「乗るなら、俺が全額出すから気にしないでいいよ」

音哉は著名な音楽家一家の末っ子で、都会で暮らしていた子どもの頃から、タクシーには乗り慣れているようだった。ひとりで遅い時間にレッスンに通ったりしていたらしい。

だから桜野町に来てからも、昔の暮らしの延長線のような感じで、気軽にタクシーを呼んだり、乗ったりすることがあった。そもそもお金持ちの子なので、透たちとは親子ともに、金銭感覚が違うところもある。でもそれに嫌みなところはまるでないので、透も楓太も、こいつはそういう奴なのだと自然に思って、つきあっていた。

透は一瞬、山の上までタクシーで帰るというその提案に乗りたいような気持ちになったけれど、いやいや、と思い直した。

「いまいちばん雨風の強いときだし、タクシーで山道を行くのも危ない気がするよ。夕方には台風が通り過ぎるってわかってるんだし、もう少し様子を見ようよ」

「うーん、それもそうか」

音哉が長い指先で、頰(ほお)の辺りを搔(か)いた。「たしかにプロの運転手だって、嵐の中を突っ切って、山道を走るのは嫌だろうしなあ」

横で楓太がうなずいた。

「タクシーが汚れるのも可哀想(かわいそう)だよ。傷がついたりするかも知れないし。いいじゃん、図書館で暇を潰していようよ。っていうか、俺、ちょうど調べ物があったんだ。ラッキーじゃん」

楓太は手を打つと、急に目を輝かせた。魚が泳いでゆくように、本棚の間に潜(もぐ)り込んでゆく。

「新作の動画のネタにいいかな、って、閃いたテーマがあるんだよ。この図書館なら、資料があるんじゃないかって、いま、ぴーんときちゃったぜ」

「おいおい」と、音哉が呆れたようにいった。

「この図書館、古い本しかないぞ。調べるって何を調べるんだ？　ネットの方がいいんじゃない？」

「――古くて、良いんだよ。むしろ、こういう感じで大正解。父さんに頼んで、古本で探そうかと思ってたくらいだから」

どこかの棚の陰から、楓太の声がする。

「だって、調べたいのは昔の話だもん。日本昔話くらい、ずーっと昔の桜野町の話」

地元の噂話の本とか、民俗学関係の同人誌とか、大学の論文をまとめたものとか、そういうのを探せば良いのかな、と、呟く声が、本棚の奥の方へと遠ざかってゆく。ここにあるかどうかわからないけど、と。

音哉が、その後ろ姿を追うように、声をかけた。

「そっか。それくらい古くて、かつローカルな話題だと、ネットの空白地帯みたいになってて、意外と探しづらいんだよな。電子書籍やインターネットが登場する前だから、紙の本や小冊子にしか情報がなくて、紙の本が消えたら、情報もまるっと消えちゃったりするんだよ。ネットの海のどこにもバックアップがないしね」

ということは、あの狐の娘のお話くらいに昔の話なのだろうか。透は、ふたりの会話に耳をそばだてる。

「うち、けっこういろんなひとが出入りしてるじゃない？　父さん、友達多いしさ。仕事は何でも屋みたいなものだし。で、俺、最近、うちに来るひとたちに、動画のネタになりそうな話がないか、取材するのに凝ってるんだよね。で、ひとつ、これはどうかな、と思ったのが、拝み屋のおばあちゃんから聞いた話なんだ」

楓太の家は、都会からの移住者で、可愛らしいペンションを経営するのが本業のはずだったのだけれど、それがいまひとつ軌道に乗らず、楓太のお父さん――林田さんは、前職であるデザイン関係の技術と知識を生かして、およそデザインが必要な仕事を、一手に引き受けるようになっていた。

それで、林田さんが来て以来、桜野町のいろんなものがお洒落になったといわれているのだけれど、林田さんはデザイナーだけで終わるには器用すぎ、面倒見が良すぎたのか、いまでは、何でも屋さんのようなことまで仕事にするようになっていた。

もともと物知りで、大抵のことは知っているし、出来てしまうし、わからないことがあればネットで調べてくれるので、ほんとうに便利だと大好評なのだった。デザイン業と同じくらい比重が大きい仕事が、ネットを使った古書店で、活字マニアだということもあって、いまでは知る人ぞ知るような有名なオンライン古書店主になっているらしい。

開店休業状態のペンションのロビーには、林田さんが趣味で集めた本がたくさん並んでいる。元は図書館のように本がたくさんあることをコンセプトにした、時代を先取りしたようなペンシヨンだったのだ。

自由に読めるその本を目当てに、桜野町の暇を持て余したお年寄りたちが、ロビーのソファに楽しげに座っていることが多い。いろんな話に花が咲いたりとか。もちろん、その合間に林田さんにいろんな仕事を頼むのだけれど。

それを林田さんも、「うちもさ、なにしろ開店休業状態だからさ、ひとの気配がある方が良いんで」と、邪険にせずに歓迎するので、いよいよ『ペンションはやしだ』は賑わいを見せていた。——本業で賑わっているわけではない、という辺りだけが、ちょっとだけ寂しいところなのかも知れないけれど。

「妙音岳の湖に、昔、竜が棲んでいたって伝説があるじゃない？　その竜が——びっくりしないでくれよ——なんとなんと、今年辺り、復活するっていいつたえがあるんだってさ」

外を吹きすぎる風が、そのときひときわ強く吹きすぎて、図書館の窓ガラスが、外から摑んで揺らしたように、突然、大きな音を立てて揺れた。

三人の子どもは、一瞬ぎょっとして、それぞれに顔を見合わせた。

息をついた音哉が、笑いながら訊ねた。

「なんだよ、それ。ゲームの世界みたいな話だな。桜野町、そんな伝説があるんだ？」

「あるんだぜ」少し震えた声で、楓太が答える。「動画のタイトル、『蘇る伝説の暗黒竜を秘境の町に見た』とかどうかな？」

「秘境の町っていういい方はどうかと思うな」

隣で、透は笑った。まだ少し、胸がどきどきしていた。胸を押さえながら、音哉に向き直り、

「昔々、それこそ、日本昔話みたいに昔に——でもないのかな、明治時代くらいだってぼくは聞いたけど、里を滅ぼそうとした悪い竜を、狐の娘が、山の神様たちにお願いして、湖に封印してもらったって伝説があるんだよ。

楓太くん、ええと——まさかその、復活するって、その湖の竜が復活するっていう伝説があるってことなの？」

「うん。まさにそれ。そのお話の続きさ」

楓太がうなずいた。「どきどきするよね。映画の続編が出来るみたいな感じで」

続きがあるというならば、透は、狐の娘の願いにより山の神々が竜を封印したところまでしか、その伝説を知らない。霊力を使い果たして、二度と人間の姿になれなくなった優しい娘が、つれあいだった若者と別れて、山に帰っていった——透の知っている昔話はそこで終わっている。

その先があったんだろうか？

（拝み屋のおばあちゃんというと……）

昔から町の外れにひとりで住んでいる、しわしわの顔に小さい背丈の、ちょっと不思議な感じのおばあちゃんだ。皺に埋もれたような小さな黒い目は澄んでいて、口元はいつもにこにこ笑っ

ている。

天気が良いときは小さな畑の世話をしたり、洗濯物を干したりしている。季節によっては、大根や、柿を干していることも。

夏には庭の井戸で水を汲んで、採れた野菜を冷やしたりしていて、透も通りすがりに美味しいトマトをもらったことがある。

赤ちゃんや子どもが大好きで、いつでもその味方。泣き止まない子どもがいると、いつの間にかそばに来て、おでこのあたりをなでてくれる。するとどんなに激しく泣いていた子どもでも、たちまちすうっと機嫌が直る、という、どこか謎めいたおばあちゃんだった。

透自身も、桜野町に来たばかりの小学生の頃は、寂しい気分になって歩いていると、いつの間にかおばあちゃんがそばにいて、呼ばれるままに、古い家でかりんとうと熱いお茶を出してもらったり、炬燵で温まって、一緒にテレビでお相撲を見たりしているうちに、不思議と元気になっていたりしたものだった。

いつもにこにこしているけれど、そこは拝み屋さん。先祖代々、うせ物捜しが得意だったり、よく当たる占いをしたり、悪霊を祓ったり、子どもに良い名前をつけたりする一族のひとだといわれてもいた。それでみんなに当てにされたり、尊敬されてもいたり。

桜野町は昔から、居場所をなくした旅人たちを休ませ、迎え入れてきた歴史のあるところ。いろんな神様や、神様を祀るひとびとも、仲間に組み込んできたところで、拝み屋のおばあちゃんも、何の神様とも知れない、真っ黒になった木彫りの神様の像を小さな箱に入れて、拝んでいるという噂だった。

音哉が目を輝かせて、「なあちょっと」と、楓太に尋ねる。

作家志望で、それもミステリやホラーを書きたい音哉なので、こんな話を聞き逃すはずもないのだった。

「それでその、復活の竜は、いつどこに、どんなタイミングで出てくるんだよ？　やっぱり、町を滅ぼしに来ちゃったりするわけ？　ちょっとドラマチックだね。ぞくぞくして、わくわくするなあ」

完全に映画の話か何かとごっちゃにしている。ゴジラとかそんなイメージのようだ。

透はつい笑ってしまう。令和のいまに、伝説の竜が復活するなんて、もちろん、ほんとかどうかわからない――というか、そんなのありえない――けど、もし、この話がほんとうだったりしても、音哉は、自分は絶対死なないと思ってるんだろうな。ほんとうだったらいいって思ってるみたいだけど。

（リアリティのない話だけどね）

少なくとも、大昔に狐の娘の願いによって封印された竜がいたらしい、なんて話からして、日本昔話そのもののお伽話なんだから。透は大好きな、すごく素敵なお話だけど。

もし、その湖の竜が復活するという話がほんとうなら、翻って、湖に竜が封印されたという話からして、実話だということになってしまう。つまりは、狐の娘と木地師の若者の恋の伝説も、実話でした、ほんとうにあったお話なんです、ということになるような……。

図書館の本の背表紙を眺め、たまに指先で引き出し、また棚に戻しつつ、あれでもないこれでもないと呟きながら、楓太が答える。

「おばあちゃんがいうには、まあとにかく復活が今年なのは間違いないんだって。ただ、それがいつなのか、そこまでは定かじゃない。なにしろ、ずうっと昔の話だからだって。でも秋か冬かな、って勘が働くんだってさ。

その話を、こないだ、うちのペンションのロビーで聞いてたとき、一緒にいた町内のじいさまばあさまたちも、うんうんって、驚きもせずにふつうにうなずいてたから、どうやら、桜野町では知るひとぞ知る、とか、半分常識みたいな伝説なんじゃないのかな？」

「へー。かっこいい。最高じゃん」

音哉がいよいよ嬉しそうに身を乗り出す。

透は、つい、楓太に訊いてしまう。

「あのさ、もし竜が復活するとしてだよ。何のためにいまになって復活してくるのかな？　その、ほんとに町を襲うため？　怪獣映画みたいに。あと、復活したとして、ぼくらはそれをどうしたらいいの？」

吹き荒れる嵐の中、いまは風がひときわ強い。轟々と鳴る。窓の外は薄暗く、天井の蛍光灯がついていても、そこはかとなく薄暗い。そんな中でまるで怪獣映画の台詞のような会話をしていると、ときどき声が風音にかき消されそうだった。

竜が怒って空を駆けているような、そんな音だと透は思った。ひとけのない校舎の、透たちの他には誰もいない図書館で、こんな話をしていると、どんどん現実から遠ざかっていくような気がした。

まわりにたくさんある古い本の、そのページの合間に、吸い込まれていきそうな気がする。この世界から遠ざかっていってしまいそうな。

「拝み屋のおばあちゃんがいうには――」

本や小冊子を何冊か抱えて、楓太が本棚の間から姿を現した。「昔々、嵐を呼んで桜野町――じゃなかった、その頃は桜の里か、を滅ぼそうとした龍神がいたらしい。龍神は人間が嫌いで、もうこいつらはだめだって絶望してて、いっそ滅ぼした方が山のためになるって思ったんだってさ。よく漫画なんかで出てくる悪役の理屈っていうか、魔王の考え方？　そんな感じだよね。

けれど、里の若者を大好きだった狐の娘が、妙音岳の六柱の神々に、里をお守りくださいって、命をかけてお願いしたんだって。

六柱というのは――ええと、つまり山の神様は全部で七柱いたんだ。で、龍神以外の残り六柱の神々は、人間が好きだったり、いまは未熟でも未来に期待しようとか思ってたり、いくらなんでも里を滅ぼすとはあんまりだとか龍神にひいちゃったりしてさ。娘の願いに応えて、みんなの力をあわせて、龍神をもともと棲んでいた湖に封印したんだってさ。

ところが……」

「ところが？」

音哉と透は訊き返した。

「そこは龍神も神様だし、永遠に封印するということまでは出来なかった。百五十年後の未来に、目が覚め、復活するのは止められないってことになったんだって。で、その百五十年後が、じゃじゃん、まさに今年だったというわけ」

それでね、と楓太がなぜか声を潜める。「龍神は今度こそ、里の人間たち――ああ、つまり子孫である桜野町の俺らのことね――を、滅ぼしさろうとするだろうから、百五十年後の未来の人間たちがなんとかしなさい、と六柱の神様たちは、当時の里のひとたちにいったんだって」

「なんとかって、どういうことだよ？」

音哉が訊き返す。

「えっとね。六柱の神様たちは、百五十年後の世界――つまり、いまの世界ではもう神様の力を失ってるんだってさ。隠居しちゃってるとかそういう感じらしい。

拝み屋のおばあちゃんの説明によると、つまり、時代が現代に近づくにつれ、人間は神様を拝まなくなったじゃない？　神話とか民話の時代ほどはさ。で、ひとに信じられることが力になる神様たちの姿は、年々薄くなっていって、その力もなくなっていて、いまじゃ、存在してるのがやっとみたいな感じになってるらしいんだ。

おまけに野山が開発されて、荒れてしまっているじゃない？　そんなのも、神様の力を減らしていくことになるんだって。よくゲームとかラノベで開発で自然がダメージ受けると精霊の力が減るとかいうじゃん？　たぶんあんな感じ。

それで、いまの時代の山の神様たちは、それぞれ山奥とか祠の中とかに、ひっこんじゃってるんだって。自分たちがそうなる未来が見えていたから、神様たちは、未来はおまえたちで頑張れ、自分たちはもう当てにならないからって言葉を残していたんだってさ」

「えー」

透は思わず、音哉とともに声を上げる。

音哉は首を振って、腕組みをした。

「おまえたちで頑張れっていわれても、相手は百五十年前には、神様が六人がかりで封印したような、悪の龍神様、恐怖のドラゴンな訳だろう？　それを人間たちだけでどうにかしろったって、無理なんじゃないか、それは」

「だよね」

楓太はなぜか嬉しそうに、うんうんとうなずく。「絶体絶命の危機だよね。――だからさ、動画も絶対、受けるよね。どれくらい人気になるかなあ。全三回くらいにわけようか？　登録者数とフォロワーさん、いっぱい増えるかなあ？」

「――<ruby>暢気<rt>のんき</rt></ruby>だなあ」

透はつい、呟いてしまう。――ふたりとも、伝説を<ruby>面白<rt>おもしろ</rt></ruby>がって、信じようとしている割に、やっぱり、自分たちにも知っている誰にも、ほんとうには被害はないと信じているような気がする。

（変なの）

現代日本に龍神が復活なんてあるわけがない、と思いながら、両方の腕が寒気で冷え、震えが来た。

薄暗い図書館の本棚の陰に、何やら恐ろしい<ruby>気配<rt>けはい</rt></ruby>が漂っているような気がした。風でがたがた揺れる暗い窓の外には、雨雲に紛れ、ひとを憎む龍神の姿が、ぼんやりと漂っているような気がする。窓から大きな目が<ruby>覗<rt>のぞ</rt></ruby>き込もうとするような。

（今日の天気が悪いんだ）

自分に言いきかせる。

そんなお伽話のようなことが、この世界にあるはずがない。

楓太が、のほほんとした表情でいった。

「おばあちゃんも暢気だったよ。<ruby>大丈夫<rt>だいじょうぶ</rt></ruby>なんだってさ。怖いことは何も起こらないからって」

「――大丈夫、って？」

にっこりと楓太は笑う。

「たとえ、今年、百五十年後の世界に、ひとを憎む龍神が復活しても、きっと里は――桜野町は守られるから、安心していて良いそうだよ」

「守られる……」

「うちの町は、昔から、いろんなものに守られている町だから、何の心配もいらないんだって。でも、龍神は復活するから、気をつけていないとね、っていわれた」

「――うーん……」

透は思わず、口ごもる。

そんな怖い竜が復活するけど、きっと大丈夫だ、だけど気をつけてね、って、何をどう気をつけていれば良いんだろう？

拝み屋のおばあちゃんの、ちょっと不思議な笑顔を思い出す。あのおばあちゃんなら、そんな話をにこにこしながらいいそうだな、と、透は思った。

「――そういう訳で、たとえ竜が復活してきても大丈夫らしいんだから、新作の動画、『蘇る伝説の暗黒竜を秘境の町に見た』を安心して作ろうじゃないか、きみたち」

楓太がそういって、透と音哉の肩を叩いた。

「だから、秘境の町はやめようって。桜野町のイメージが違ってきちゃうよ」

「謎めいていて良いじゃん」

楓太が口を尖らせる。横で、音哉が、

「いや、俺はもうテーマソングのフレーズが浮かんできたぞ。殺人事件が起きそうな、いかにもなタイトルで、いいじゃないか?」

「良くないよ。サスペンス劇場じゃないんだから」

透がいいかえした、そのときだった。

静かに戸が開く音がして、ふわりと風が吹き込むように、あの長い髪の転校生、葛葉千晶が図書館に入ってきた。

透の視線に気づくと、

「──先生に、バスが来る時間までここにいなさいっていわれたから」

言い訳するように一言いって、透のそばを通り過ぎ、本棚の方へと足を進めた。金色に近いほど淡い色の髪が、つややかに背中に流れる。

通り過ぎるときに、ちらりと楓太の方をみたような気がした。──一瞬、あ、この子はいまの話を聞いていたのかな、と、透は思った。いったいどう思っただろう?

(あれ、ということは、この子もどこか遠くに住んでるのかな)

台風が去る夕方まで、帰れないようなところに。

透たちのように、ひとりですぐには帰れないところに住んでいるのだろうかと思った。

転校してきたばかりで、こんな台風に遭遇（そうぐう）するなんて、可哀想だなあ、と思っていたとき、

「──ちょっと、あの美少女、誰よ?」

音哉が、そっと近づいてきて、透の耳元でささやいた。隣では楓太も、興味津々（きょうみしんしん）、という感じで目をきらきら輝かせている。

「――うちのクラスの転校生だよ」

なんだか不思議な感じの子、という一言は、口の中でもごもごいうだけにしておいた。

いままで友達三人だけで、盛り上がっていたところに、女の子がひとり加わっただけで、部屋の空気が違ってきたような気がして、透たちは――楓太までもが、口をつぐみ、それぞれに、図書館の中で時を過ごした。

楓太は自習コーナーの席について、集めた本や小冊子の山を机に積み重ね、映画監督のような表情で、眉間（みけん）に皺を寄せつつ、頁を開いたりし始めた。

音哉は、その様子を眺めつつ、足音を忍ばせて、図書館の中を歩いたりしていた。たまに宙を見上げて、首でリズムをとっているのは、テーマ曲の作曲でもしているのだろう。

透は、仕方なく、棚に並ぶ本の背表紙を眺め始めた。

（うわあ、ほんとのほんとに、昔の本ばかりだ）

本屋さんの家の子どもなので、いまどきの流行（はやり）の本はわかっている。特にヤングアダルト――自分たちの世代が読みそうな、国内外の文芸の本のタイトルは知っている。一方で、亡くなったお父さんやおばあちゃんが児童書が好きだったので、昔のベストセラーやロングセラーの子どもの本にも詳しい。つまり、中学校の中にある図書館に並んでいそうな本の見当は、普通の中学生よりは、たぶんまあまあつくはずなのだけれど——。

（——昭和の学校の図書館みたいだな）

どれだけの長い間、本の入れ替えをしていないのだろうと、目眩がした。

透は図書館のことには詳しくないけれど、図書館の本棚は、特に小中学校のそれは、古い本は廃棄（はいき）して、常に新しいものと入れ替えていかなければいけないところなのだと——そんな知識はあった。

図書館の本棚も、本屋さんの本棚と同じ。置ける本の数には限りがあるので、新陳代謝（しんちんたいしゃ）は必要だし、未来を生きる子どもたち（透たちのような）には、新しい知識と情報が必要なのだ。図書館とは、物語の本だけでなく、ありとあらゆる知識が集められるところ。そこで、子どもたちが世界と出会い、知るところ。

（インターネットとどこか似てるよね）

そんな風に、透は思っている。

ただ、ネットの向こうの情報は、たくさんのひとびとの手によって、折々に更新されていくけれど、図書館の本たちは、誰かの——専門の司書さんたちの手がなければ、更新されることはまずないのだ。

ここにある本は、たぶん昭和で時間が止まっていた。誰の手でも入れ替えられないままに。

それでも、物語の本たちは、古くてもまだ許せるような気がする——。

透は渋い顔をしながらも、一冊の本に手を伸ばした。

『風の又三郎』

宮沢賢治全集の、綺麗な箱入りの本があった。昔の本は、特に上等に作られたものは、ほんとうに美しい。上製本で、こんな風に箱に入っていたりする。本によっては、箱から抜くと、ビニールのカバーまで掛かっていたり、中にはカラーの口絵があったり。スピン（しおりひも）がつくのはあたりまえだ。

（昔の本は、大事に作られていたんだなあ）

大きな戦争があって、負けて終わって。

焼け野が原になったこの国では、みんなが新しい知識を情報を、物語や詩、哲学を求めた。これからの世界をどう捉えてゆくか、考えるための知恵を求めた。日常から失われた優しい世界や、幻想や、お伽話を求めた。

（昔は、本しかなかったから）

いまなら検索エンジンやSNSで探すような情報も、覚えておくべき事柄も、すべては活字から得るしかなかった。

テレビの放送が始まる前、その受信機が普及する前の、映像がまだ一般のひとたちのものではなかったような時代は特に、本は大切なものだったろう。

その想いが、この上等な作りになったのかも知れないな、と透は思う。

宮沢賢治は元々好きだった。だから目についた。全集が並んでいるうちで、『風の又三郎』に手が伸びたのは、頭のどこかに、不思議な転校生のことがあったからかも知れない。

そのとき、同じ本に伸びる手があった。

長く白い指の持ち主は、驚いたように、その指先を震わせた。

葛葉千晶だった。振り返るとすぐ近くに彼女の顔があったから、透は驚き、千晶も再度びっくりしたようだった。

透がそうだったように、本の背表紙に意識を集中していて、ひとの気配に気づかなかったのかも知れない。一瞬、まわりが見えなくなったのかも。

長い髪の転校生は、切れ長の美しい目を見開いて、すうっと手を引こうとした。

「——あ、いいよ。ごめん」

透は本から手を引いて、千晶に謝(あやま)った。

「いやぼくはそんなに、この本を読みたいわけじゃないから。——ええとその、宮沢賢治は好きで、又三郎は暗記(あんき)出来るくらい読んでて——家にもあるからさ」

千晶は目をぱちぱちとまばたきさせながら、透の話を聞いていたけれど、やがて、笑った。

「ありがとう」と、お礼をいって。

「でもわたしも、そんなにその本を読みたいわけじゃないの。わたしも宮沢賢治は好きで、それこそ、暗記してるくらい好きなのも一緒で。文庫本だけど、自分の本を持ってはいるし。わあ、びっくりした」

と、制服の胸の辺りをなで下ろした。「今日はちょっと、風の又三郎みたいな気分になっただけ。台風の日に転校してきたからかな」

少しハスキーな声は、大人びていて、でも想像していたよりもずっと明るい声だと、透は思った。謎めいた、不思議な印象のせいか、こんなに笑顔で話す子だとは思わなかった。

千晶はにっこりと笑った。

「同じ年頃の子で、宮沢賢治が好きなひとってあんまりいないから、同志に巡り会えたみたいで、ちょっと嬉しいな」

「そう?」

「わたし、お父さんの仕事の関係で、いろんな街や国に行くんだけど、いままで出会ったことあるかな、ないかな、ってくらいの感じ」

「そこにいるぼくの友達ふたりも、宮沢賢治、好きだよ。星めぐりの歌とか、合唱できちゃうくらい」

透は、楓太と音哉の方に視線を向けた。

ふたりはさっきから、透と千晶の会話が気になっているようで、話に加わりたそうにしているのが、見るからによくわかった。

ふたりは照れたように、それぞれに気障っぽく笑ったり、会釈したりした。

「よろしく」と、千晶がふたりに手を振る。

そして、そっと透の耳元にささやいた。

「あなたと話してみたかったの。何か不思議な感じがする男の子だったから」

花のような香りの吐息が、耳元にかかった。


秋の夕暮れは降るように訪れて、幕を下ろしたように暗くなった。

特に今夜は、嵐の後の不穏な雲が空に漂っていることもあって、深い闇に包まれている。

妙音岳をのぼる、町営のマイクロバスは、麓の街の明るい商店街をゆったりと走り抜け、暗い山の方へと向かってゆく。

運転席にいるのは、老いたりといえど、そのぶんキャリアも長い、桜野町在住の運転手だ。大手のバス会社に長く勤め、引退した後、故郷の町で庭先に鶏など飼いつつのんびり暮らしていたところを、他の運転手候補とともに町からスカウトされ、第二の人生を歩むことになったひとだった。台風の名残の雨風がぱらぱらと窓ガラスに当たるいまも、余裕ありげに手袋の手でハンドルを握っていた。

これが今日最後の山の上に登るバスだということもあって、乗っている乗客はといえば、ほぼ桜野町に住まうひとびとで、透にとっては近所のひとだったり、お店のお客様だったりと顔馴染みばかり。街で働くおとなたちや、バイト帰りの大学生などなどだ。

その中に交じって、透たち中学生もバスに乗り込むと、おとなたちは、おや、こんな時間に、というように視線を向けた。

楓太が「台風で、いままで学校に残ってたんです」と、みんなの方を見回して、笑顔で説明すると、おとなたちはそれぞれにうなずき、なるほど、酷い台風だったものね、というように、姿勢を戻した。

そして中学生男子三人組は、いつものように後部座席に並び、いつものように——会話が弾むかと思いきや、おとなばかりの夜のバスの雰囲気はいつもと勝手が違っていて、特に口を開くこともなく、姿勢をちゃんとして静かに腰をおろしていた。

バスに乗っていた中学生は、透たち三人だけではない。葛葉千晶も一緒だった。

謎の多い転校生は、透たちからふたつばかり前の席にひとり座って、窓の外の、流れて行く街の夜景を見つめているようだった。

夜になり、雨風もやや落ち着いて、そろそろバス停に行こうか、と透たちが中学校の図書館を出ようとしたとき、千晶も同じタイミングで読んでいた本を閉じた。

聞くと、自分も桜野町方面行きの、同じマイクロバスに乗って家に帰るのだという。

桜野町の新しい住人なのだろうか、ようこそ、我らの町へ、と、透たちが盛り上がりかけたとき、千晶は、「違うの」と、首を横に振った。

降りるバス停も違う。透たちが降りる「桜野町」ではなく、そのひとつ手前のバス停、山を登る道の入り口近くにある、「妙音岳入り口」だといった。

それは山と野原だけ続くあたりにぽつりとある、周囲に何もないバス停だ。バスはそこを通り過ぎると、終点「桜野町」のバス停まで登る。町には小さな車庫と事務所があり、マイクロバスは翌朝の始発の時間まで、そこで休むのだ。

「え、いまから、『妙音岳入り口』に――あのバス停で降りるの？」

楓太が声を上げた。「あそこは山菜採りや山登り、山の神社や祠を巡るひとたちのためにあるバス停だよ。バス停の名前を覚え違えてるとか、そんなことない？」

透も思わず、うなずいた。あのバス停は、昼間でも人通りのない、ただ鬱蒼と緑が茂り、野鳥たちや野の獣の声がかすかに響き渡るような、人里離れたところだ。

楓太たちと一緒に自転車で山を走っているときに、ここにバス停があるんだよ、と教えられたこともあるし、祖父とふたりで山菜を採りに行くとき、桜野町からバスに乗って、そこで降りたこともある。桜野町のバス停からは、ほんの一駅のはずなのに、そこは田舎のこと、バス停とバス停の間の距離が長かった。

当然、街灯もないような場所だから、そのバス停の辺りは、このバスが着く頃には、とっぷりと闇が満ちているに違いない。ましてや、嵐の後の山中だ。不気味な音を立てて、まだ風は辺りを吹き荒れているだろう。雨もぱらついているかも知れない。雲がかかって、月の見えない夜だから、鼻をつままれてもわからないくらい、真っ暗になるかも知れない。

間違えても、中学生がこんな時間にひとりで降りたって良いようなバス停だとは思えない。少なくとも、透は自分が、ひとりでそこにいるところを想像するだけでぞっとした。

千晶は何も答えずに、

「バスが来るわよ」

というと、先に立って廊下を歩き始めた。階段を降り、校舎を出ると、大通りのバス停に行き、並んでいたおとなたちのあとに立った。

透たちは顔を見合わせたけれど、素直(すなお)に自分たちも列に並んだ。

それ以降、千晶に特に何も聞くことなく、やがてやってきたバスに乗り込んだ。

乗るときに、楓太が透と音哉に向かって、

「妙音岳入り口のバス停から車でちょっと行ったところに、小さな古い集落があるといえばあるんだ。そこに引っ越してきたんじゃないかな。きっと、バス停まで、家族が迎えに来るんじゃないの？」

どこか自分にいいきかせるように、うなずきながら、そういったのだ。

雨で濡れているひとが多かったのだろうか、バスの中にはじっとりと濡れた服の匂いが漂っていた。

晩秋の夜のこと、バスには暖房が入っていて、座席から伝わってくる、心地よいぬくもりと揺れの中で、透は眠気が差してきた。横を見ると、友人ふたりもうつむいたり、あくびしたりしていた。

他の乗客たちも、それぞれの席で船を漕いでいるようだ。

（無理もないか）

透も小さくあくびをした。通り過ぎた台風のせいで、みんな疲れているのだ。おとなたちは仕事も忙しかったろうし。その内容によっては、天候の関係で大変だったりしたかも知れない。

見知った顔ばかりのバスの中で、近くの席のおとなが、缶ビールを開け、透が見ているのに気付くと、軽く苦笑して口をつけた。

透はもちろん、お酒の味は知らないけれど、ああ、いっぱいやりたい気分だったんだろうな、と思った。

うつらうつらしていると、ふと思い出す。

さっき図書館で聞いた、千晶の言葉を。

謎めいた美しい転校生は、そっと透の耳元にささやいたのだ。

「あなたと話してみたかったの。何か不思議な感じがする男の子だったから」

(どういう意味だったんだろう?)

突然、物語の中の出来事のような言葉をささやかれたから、驚いて何もいえなかった。

(ちょっと訳がわからないよ)

(もしかして、何かの聞き違い?)

あのときは、耳たぶがさあっと熱くなって、ただ目の前の千晶を、まばたきしながら見ることしか出来なくて、だから訊き返すことが出来なかった。

あれがきっと、楓太や音哉なら、

「いまの、どういう意味?」

と、軽い感じで訊き返すことが出来ただろうと思うのに。

(でもやっぱ、何かの聞き間違いだったんだろうなあ)

少し時間が経ってみると、そんな気分になってくる。

自分は間違っても、「不思議な感じがする男の子」なんかじゃないと思うし。

(その辺にいくらでもいる、本が好きで国語が得意科目の、地味な中学生だよなあ)

不思議な感じってどういうことをいうんだろう——?

つい腕組みをして考えてしまう。

透にいわせれば、むしろ、千晶の方がよほど、「不思議な感じがする女の子」だ。

（さっきまで台風が吹き荒れる校庭にいたはずなのに、気がつくと、雨にも濡れずに廊下にいたりとかさ）

秋の転校生として、教室に入ってきた、長い綺麗な髪の、謎の女の子。

（まあ、あれは、ぼくの錯覚だったんだろうと思うけど――）

だってそんな、まるで『風の又三郎』みたいな女の子が、この世にいるはずがない。神出鬼没の、謎の旅人みたいな転校生が。

そんな存在は、本の中にしかいないに決まっているのだ。奇跡や魔法やサンタクロースが、ほんとうにはこの世界に存在しないように。


「不思議な感じっていうのはね」

ふいに、風が吹きすぎるようなささやき声が、耳元をかすめた。

「あなたは、見えないものが見えそうな目をしている、っていうこと」

バスの後部座席の、透の右横に、さっきまでたしかに誰もいなかったはずのところに、いつの間にか千晶が座っていて、そう言ったのだ。

「普通のひとには見えないものを見る目を持っていて、聞こえない声が聞こえる、そんな不思議なひとが、この世界には、ときどきいるの」

透が驚いて、目をしばたたかせると、千晶は、薄い唇に笑みを浮かべ、色の淡い瞳を細めた。その目はとても澄んでいて、水晶や水の色や、空の色のように透き通って見えた。

(黄昏時の空みたいな色だ――)

黄金色のような。蜂蜜の色のような。

輝きと果てしなさを宿した、魔法のような光を湛えた瞳。そんな瞳だと思った。

昼と夜の間の時間には、不思議なことが起きるのだと教えてくれたのは誰だっただろう。黄昏時は魔法の時間なのよ。――お母さんの言葉だった？　それともあれは、何かの本で読んだ言葉だっただろうか。


ベルが鳴る音がした。誰かが次のバス停で降りますと、運転手さんに知らせたのだろう。

バスがかたりと揺れて、透は目を開いた。

いつの間にか眠っていたらしい。

はっとして、右隣の席を見る。――そこには誰も座っていなかった。

透は小さくため息をついた。

夢だったのだろう。

(まあ、それはそうだよね)

ファンタジー小説かライトノベルの導入部にありそうな会話だったし。

（うう。ちょっとというか、かなり恥ずかしい、妄想みたいな夢だったなあ）

なんて思いながら、千晶が座っていた、ふたつほど前の席に視線を向けると、ちょうど彼女は、席から立ち上がり、バスを降りようとしているところだった。

彼女の他に、降りようとしているひとはいない。ということは、ベルを鳴らしたのは、千晶だったのだろう。

窓の外を見ると、車内の灯りに照らされて、

『妙音岳入り口』

と書かれた古いバス停が、そこにある。

同じように窓の外を見た楓太が、

「あの子、ほんとにここで降りるんだね」

と、心配そうにいった。「家族、迎えに来てないみたいだけど、これから来るのかな」

ふと、透の目の端に、動くものが見えた。

真っ暗な草むらに、何か白いものがふわふわと漂っているように見える。何だろうとよくよく見ると、銀色の尻尾だった。ぬいぐるみくらいの大きさの尻尾の長い生き物が、夜の野原を駆け回っている――？

（犬かな？）

犬にしては、何かが違う気がした。大きさも小さいような。

薄暗いから、よくはわからないけれど。

（ていうか、あれ、狐――？　子狐みたい）

耳が大きくて尻尾が長い銀色の動物が、バス停のそばの夜の野原を、楽しそうにくるくる回っているようなのだ。それがどうも、動画や写真集で見たことがある、子狐に見える。

（狐って、この辺にもいたんだ）

そういえば、いるって誰かに聞いたことはあったな、と思ったとき、音哉が、

「家族、迎えに来てるじゃん」

ガラス越しに、指さした。

「どこに？」

楓太と一緒に、窓の向こうを覗き込むと、いままで、子狐がいたはずのところに、小学生くらいの男の子が立っていた。

そこに、バスから降りた千晶が軽い足取りで駆け寄るのが見える。

バスは警笛（けいてき）を一度鳴らし、ゆっくりと走り始めた。千晶がバスの方を振り返り、風で揺れる髪を押さえながら、バスに向かって――透たちの方へと、手を振った。隣で男の子も、楽しそうに、大きく手を振ってくれた。

辺りは暗いし、バスはすぐに遠ざかったので、はっきりとはわからなかったけれど、似た雰囲気の二人に見えた。ほっそりとして、綺麗な感じの。

姉弟なのかも知れない、と思った。

（さっきの子狐、どこに行ったんだろう？）

透は首をかしげる。見間違えかなあ。

あの男の子が狐によく似た犬を連れていた、なんて可能性もあるな、と思った。

――それか……。

この辺りには、薄が群生するから、その銀色の穂がバスの灯りに照らされて、狐の尻尾に見えたのかも知れない、と思った。きっとあの子が動いて、そのはずみで穂が揺れて、それっぽく見えたのだろう。

（この頃、狐の娘の話とか思いだしていたから、無意識のうちに狐とか連想したのかも）

転校生、ひとりで帰るんじゃなくて良かったね、と、楓太がいった。

「あの子、きっと弟だよね。お姉ちゃんを迎えに来たんだね」

明るい声で、ほっとしたようにいった。

「そうだね」

透と音哉はうなずいた。

それにしたって、辺りは真っ暗すぎる。バスの窓越しには、千晶も弟も、それをまるで怖がっていないように見えたけれど、透の気のせいだろうか？

（家、よほど近くにあるのかなあ）

そうであってほしい、と思った。

帰りついたとき、桜風堂書店にはまだ灯りがついていた。透は自分の部屋に荷物を置き、店の名前入りのエプロンをつけて、店の方に顔を出した。

「ただいま」

明るい中に足を踏み入れると、お疲れ様、おかえり、と、声がかかった。カフェスペースのカウンターにいる一整と、レジの中にいた「風猫（かぜねこ）さん」こと、元音楽喫茶店主の藤森章太郎（ふじもりしょうたろう）が笑顔を向けてくれる。いつも通り静かにピアノ曲が流れていて、透はほっとすると同時に、帰ってきたことが嬉しかった。

台風で帰りが遅れることは連絡済みだったけれど、二人とも無事の帰宅を喜んでくれた。

二人とも、透にとっては家族や親戚（しんせき）のようなひとびとだった。一整はお兄さん、藤森は頼りになる親戚のおじさん、という感じだろうか。今日のこの時間は上のフロアのレジにいるだろう沢本来未（さわもとくるみ）もそれは同じで、従姉（いとこ）のお姉さんみたいに、透を可愛がってくれていた。

そろそろ閉店の時間だ。透はカフェスペースの汚れ物を片付けるのを手伝いながら、

「今日、転校生が来たんです。ちょっと不思議な感じの――」

と、話し始め――そこまで話した段階で、一連の夢のような出来事をどう話せば良いのかわからなくなった。

（だって、何もかも夢ものがたりみたいな）

でなければ、妄想みたいな話だ。嵐が吹き荒れる校庭に転校生がいたと思ったことも、いつの間にかバスで隣の席にいたと思ったことも。そして、透にだけ語りかける、不思議な言葉を聞いたと思ったことも。

透自身、夢か錯覚のように思えていることだ。どれもふたりに笑われてしまいそうで、その辺りのことは話さずに、短く終わらせた。

「――帰りのマイクロバスも一緒だったんだけど、『妙音岳入り口』で降りていったの。弟みたいな子が迎えに来てました。あの辺、真っ暗だけど、住んでるひと、いるのかな？」

一整が透に、熱い梅昆布茶を淹れてくれながら、

「町長さんたちの施策がうまくいっていることもあって、桜野町も人口が増えてはいるよね。企業の誘致も進んでる。森の奥の別荘地みたいに、古い家の補修が進んで、新しい住人がどんどん増えているようなところもあるし」

藤森がレジの奥から、響く声で続ける。「妙音岳は聖域だから、山の上の湖がある辺りはひとが住まないだろうけど、登山道の入り口の、あのバス停の辺りにはもともと村があったしね。少し遠くの山奥には、小さな集落があると聞いたこともある。いまの日本、電気さえ通っていれば、街中じゃなくても出来る仕事もあるしね」

藤森は、元編集者で、何にでも詳しいのだけれど、桜野町の風土や伝承に興味があるそう

で、町の歴史や伝説に詳しかった。町の商店街の責任者のひとりでもあるので、桜野町の現状にも詳しい。そのせいもあってか、透から聞いた話が気になるようでもあった。

「新しい住人か――。いまのところそんな話は聞いていないけれど、じきに商店街に買い物に来てくれるかなあ。どんな感じのひとたちなんだろう」

顎に手をやって、呟く。

「お父さんの仕事の関係で、いろんな国や街に引っ越してるっていってました」

「そっか。それは大変だなあ」

うんうんと藤森はうなずいた。「どんな時代になっても、転勤の多い職種はあるしなあ。勤め人でなくても、研究者だったり、芸術家だったりするかも知れないね。家族は大変だ」

なるほど、と、透もうなずいた。

(芸術家なら、山奥で暮らすなんてこともあり得るのかも知れないな)

芸術家の子ども、というのなら、あの不思議な雰囲気や、どこか現実離れして見える透明感は、納得できるような気もした。

これからあの子のことをいろいろ知ることが出来るのかな、と思うと、楽しくなった。友達になれたりしたら、きっと素敵だ。

(なんていうか、お話の世界から抜け出てきたみたいな女の子だし――)

いろいろ不思議なところはあるけれど、みんな透の気のせいかも知れないし――いやきっとそうなのだろうし。

毎日が楽しくなりそうな気がした。楓太や音哉と一緒に、山を歩いたりしたら絶対楽しいだろうし、弟（らしかった男の子）と話もしてみたい。

そうだ、何よりも――。

（桜風堂に来てほしいなあ）

本が好きみたいだったから、きっと、この店を好きになってくれるだろうと思った。


閉店と明日の開店の準備をしながら、とりとめもない話をするうちに、透は小さい頃から狐の娘のお伽話が好きだった、という話になった。

「――その、昔に山の神様たちが封じた竜が復活するって伝説、ほんとにあるんですか？」

透が藤森に尋ねると、一整も興味深そうな表情で、藤森の方を見ていた。

「ああ、そうだね。そんな言い伝えがあるみたいだね」

なんてことのない話のように、藤森は答え、にやりと気障っぽく笑った。「自慢じゃないが、この町の昔話は、いつでも本に出来るようにひととおりの資料を集めてあるから、おじさんちょっと詳しいぜ。って話は前にもしたことがあったかな？

特に狐の娘の話は、ロマンチックでぼくも好きで、いろんなひとに取材もしたからね。うん、あれは楽しかったな」

藤森がいうには、さまざまな伝承を覚えている地元のお年寄りたちも、年々老いたり、気付けば彼岸に渡ったりしてしまうので、とりあえずは語り手が元気なうちに、と、話を採集しておいているのだそうだ。

藤森は元大手出版社の名の知れた編集者で、ライターとしての腕もたしかだ。そして、いまは地方在住でもひとり出版社として本を出して売って行くことも可能なので、ぼちぼち本を作る準備を始めているところだった。

「その、ぼくが知っているのは、狐の娘の話の、途中までみたいなんですけど」

「途中まで、というと?」

「えっと——山の神様たちに龍神を封じてもらうために嵐の山を駆け回って霊力を使い果たし、人間の姿になれなくなった狐の娘が、木地師の若者のそばを去り、若者は娘を待ち続けて、ひとりで里で暮らした、ってところまでです」

「ああ、そこまでか。それが王道っていうか、いちばん有名なくだりだからねえ」

うんうん、と藤森はうなずく。そして、「そのあとは、というとね」と、軽く咳払いをして、話し始めた。

閉店した後の、灯りを落とした店内は暗く、窓にかかるレースのカーテンの合間に見える山の夜空は漆黒で、どこか恐ろしかった。

お伽話の世界の、恐ろしい竜や、山の神々がその暗がりの中に潜んでいそうで。

「若者は、別れも告げず姿を消した娘を思いながら、ひとり里の小さな家で暮らし、美しい器や、彫刻を作り続けたそうだ。言葉は少なく、里の者たちと器用に付き合えるわけでもなかった、無器用な若者の、その里のひとびとや野山への想いを込めたように、どの作品も優しく、美しかった。

いなくなった娘はもともと、どこからともなく現れた謎の娘、若者はその出自(しゅつじ)を訊くこともなくともに暮らしていたので、その行方(ゆくえ)を捜す術(すべ)も、誰かに尋ねる術もなく、ただ娘の帰りを待つしかなかったらしい。そして若者は、もしかしたら、娘がただ者ではなく、ひとならぬ身の存在だと気付いていたかも知れない。

それでも若者は妻と呼んだ娘を深く愛していた。

そして若者は、娘を信じていた。娘が自分と、この里を好いていると信じ、かけらも疑わなかったから、きっと娘は小さな家に帰ってくると信じて待ち続けた。

そうしているうちに、年月は流れ、若者は年老いていき、やがて亡くなって、里の外れの墓に葬(ほうむ)られた」

「……やっぱり、最期までひとりぼっちのままで？」

知っていても、やはり悲しいと思った。

「そうだねえ。部屋中に残したたくさんの木彫り——あたたかな艶(つや)に包まれた、美しい作品に囲まれて、幸せそうに横たわっていたそうだよ。目が覚めたら、きっとそこに娘がいる、そう信じて眠りについたような顔で」

「——狐の娘は、どうなったんですか?」

里を離れて、山に帰って、一匹の狐として自由に暮らしたのだろうか。

それがね、と、藤森は少しだけ寂しそうな笑みを浮かべて、話を続けた。

「実は、狐の娘は、生まれ育った野山に帰らずに、ずっと里の若者のそばに隠れ住んでいたという話があるんだ。そうして、老いていく若者のそばで、自分も静かに年老いていった、と。もはや狐に戻った身、ひとの妻なら出来るように、言葉を交わすことも、美味しい食事を作ることも、着物を縫うことも出来ないから、と、ただ近くにいたそうだ。

そして、若者が死んだ後、老いた狐は、妙音岳の六柱の神々に頭を垂れて、願ったそうだ。

——わたしにひとの手を与えてください、と。狐の手では、夫の墓に参ろうにも、彼が好きだった花を供えることが出来ない。手を合わせることも出来ない、どうかお願いします、と。

哀れに思った神々は、老いた狐に願ったとおりのものを与えたそうだ。老いた狐は、その手で、墓前に花を供え、手を合わせ、そしてそのまま、亡くなったそうだよ」

透は、うつむいた。ちょっと笑って、

「それは——なんというか、『ごんぎつね』とどっちかという感じで、悲しい終わり方ですね」

バッドエンディングだ。笑って誤魔化さないとやっていられない、と思った。

話を聞きながら、テーブルの上を片付けていた一整が、ぽつりといった。

「木地師の若者は、狐の姿でも良いから、娘に帰って来てほしかったでしょうね」

静かな声で言葉を続けた。「言葉を交わせなくてもいい、何もしてくれなくていいから、ただそばにいてくれたら――そう思ったんじゃないでしょうか。同じ空の下に、小さな家の自分の傍らに、ただ、そのひとがいてくれれば良かったんじゃないかなあ、と」

そしてふと、くしゃっとした笑顔で笑った。

「木地師の若者に感情移入したら、ひどく切なくなっちゃって。美しいお話ではありますが、ハッピーエンドが良かったですね」

ただそばに、同じ空の下にいてくれたら――一整がその言葉を口にしたとき、透には、一整のまなざしに思い描く誰かの姿があったような気がした。

「ですよね」と、透はうなずいた。「思い合う二人は、やっぱりそばにいなくっちゃ」

そして幸せになるべきなんだ。

(神様たちも、ケチっていうか、もっとこう、狐の娘と若者を助けてくれても良かったんじゃないのかな)

仮にも神様なんだし、と思うと、やっぱり腹が立つ。

里のひとびとを救った、勇気ある優しい狐の娘の一生は、こんな寂しい終わり方で良いんだろうか？

(木地師の若者だって、優しい、良いひとなのに)

彼が残したという、古い祠の中で佇む狐の像を思い出す。

つややかでこっくりとした色合いの、その姿は、木を彫ったようには思えない柔らかであたたかなものに見えた。聞こえない吐息で呼吸をし、胸の中で鼓動を打っているようだった。その耳で風の音を聴いているように見えた。綺麗な、薄く開いた瞳のそのまなざしは優しくて、小さな祠の中にあっても、町のひとびとを、町を包む山を見つめ、幸せな日々を見守っているようだった。

口元に、穏やかな笑みを浮かべて。

(あんなに優しいものを作れるひとは、きっとほんとうに心根が優しいひとだったと思うんだ)

狐の娘が好きになり、自由な野山の暮らしを捨てて、一生そばにいたいと願ったほどに。――その願いは叶わなかったけれど。

(ふたりとも幸せになれれば良かったのに)

ずっと昔の、伝説の中のひとびとの話だと思っても、切なかった。

その夜、透は不思議な夢を見た。

美しい金色の狐と、小さな銀色の狐が、長い尾をなびかせて、夜の野山を駆けていた。

狐たちは、月に照らされた銀色の薄野原を、つややかな毛並みを輝かせながら、舞うように駆け抜けていた。

楽しげに。踊るように。

台風襲来のその日は金曜日だった。

次の日の土曜日の朝、透は早い時間に起きて、外に新聞を取りに行った。

山の空気は冷えていて、透は思わず、さむ、と呟きながら、身を震わせた。パジャマの上にジャケットを羽織(はお)っただけだったので、腕の辺りがきゅっと冷える。新聞受けの中の新聞も、ひんやりとしていた。

台風の名残なのか、秋の朝にしては湿気の多い風が吹きすぎてゆく。雲ひとつない青空を吹き抜ける風は、緑と土の匂いを立ちこめさせていた。

(――今日、土曜日で良かったな)

なんだかゆうべは寝付かれず、短い夢を見ては起きるの繰り返しで、寝た気がしなかった。疲れがとれていないし、頭はぼんやりとして、はっきり目が覚めきっていない。この状態ではるばる麓の街の学校に行って勉強をするなんて想像するだけで面倒だし、気乗りがしない。ほんとうに土曜日で良かった。

透はほわほわとあくびをした。だめだ。今日は脳が働く気がしない。英語の小テストの日が近いけど、のんびり家事をしたり、店の手伝いをする日にしよう。

鈴の音がしたと思ったら、三毛猫(みけねこ)のアリスが庭の草の中を駆けてきて、透の足にご機嫌そうな顔をこすりつけた。

「おはよう、アリス」

離れの月原一整の部屋に遊びに行っていたのだろう。一整はこの家でいちばん早起きだから。夜明けとともに起きて、カフェスペースまわりのあれこれを済ませたりする。夜に寝るのはいちばん遅く、いつも店の仕事で忙しく、ネットまわりのことは、離れの自室に帰ってから済ませていることを透は知っている。本の発注やら版元とのやりとりやら、店に飾るものを用意したり、ペーパーの原稿を書いたりと、たとえばそういうことだ。

一整にはそれと意識しないうちに、何もかもひとりで済ませようとする傾向があるので、店のおとなたちが——透の祖父や、喫茶店経営の経験者でもある藤森が、良い感じに仕事に口を差し挟み、なかばもぎ取るようにして、一整の負担を減らすようにしていた。それにしても、店長である一整には、することが多いようだった。

(土日で家にいられるときくらい、ぼくも、月原さんの手伝いが出来るようにしなきゃ)

いまも週末は、店で出すためのお菓子作りをしたりしているけれど、もっと力になれたら、といつも思っている。カフェスペースの手伝いをもっとまめに——。

(——といっても、今日は無理かなあ)

あくびをかみ殺しながら、お皿を割らないようにしないと、とつい考えてしまう。

そうね、気をつけないと、というように、アリスが頭をすねの辺りにこすりつけた。

猫のアリスは透の大切な友達だけれど、一整のことも気に入っているらしく、ちょこちょこ離れに足を運んでは、くつろいだり、一整にかまってもらったりしているようだった。一整もどうやら猫の訪れは楽しみらしく、透が部屋を訪ねるごとに、アリスのために用意したらしい猫のおもちゃが増えているのがわかる。

最初出会った頃ほどではないけれど、表情が真面目(まじめ)に硬(かた)くなりがちな一整が、猫と遊ぶときは柔らかな笑顔になる。その笑顔が透は好きだった。たぶん猫ほんにんも。だからいつも遊びに行くのだろう。

ふと、アリスが顔を上げて、川の方を振り返った。

桜風堂書店のそばには、古い橋があり、川原の遊歩道へと降りる、ゆるやかな石の階段があるのだけれど、どうもそちらが気になるらしい。

「どうしたの？　アリス」

透は、自分も川の方をうかがう。

誰かが橋の上にいる。——見慣れない感じの子ども、男の子が川を見下ろしているようだ。桜野町の人口、特に子どもの数は少ない。みんなが顔見知りみたいな町なので、「知らない子ども」なんてまずいないから、気になった。

(——あれ、あの子、もしかして)

ゆうべ、夜の山で見かけた、転校生の葛葉千晶の弟に年格好(としかっこう)が似ているような。

橋の欄干に寄りかかるようにして、楽しそうに川の流れを見下ろしているようだ。あれくらいの年齢の男の子がよくやるように、うきうきとちょっと落ち着きなく、夢中になって見下ろしている。透の視線には気づかないようだ。こちらを振り返ることもない。

そうだよねえ、川の流れってついつい見下ろすよね、と、透はうなずく。そして、いつまでも時を忘れて見つめ続けてしまったりするものなのだ。

透自身がこの町に来たばかりの頃、ちょうどあんな感じで、飽きずに橋から川を見下ろしていた時期があるので、気持ちはよくわかる。

ゆうべのあの子だとしたら、近所に散歩に来たのだろうか、と思う。

（家族と一緒なのかな？）

もし商店街に買い物に来たのだとしたら、さすがに早朝のこと、まだどこも開いている時間ではないので、つまらないだろうなあ、と思う。

橋まで行って、おはようと声をかけようかと思ったけれど、パジャマ姿なのを思いだして、やめておくことにした。もし千晶がそばにいたりしたらと思うと、行儀も悪いし、かっこだって悪い。

（なんだ、あの子、普通の男の子だな）

透はくすりと笑う。

姉の千晶がどこか不思議な、謎めいた女の子だから、弟らしいあの子も同じような感じなのかな、と無意識のうちに思っていた。

というか、弟が普通の男の子なら、姉の千晶だって、普通の女の子なのかも知れない。

「だよなあ」

朝の光の中で、透は呟く。

人生、そうそう物語の中の出来事みたいな、現実離れしたことなんてあるはずがない。きっとすべてが透の気のせいで錯覚によるものなのだ。

うんうんとうなずきながら、新聞を手に、家に戻ろうとしたとき、ばしゃりと何か大きな物が水に落ちるような音を聞いた。

とっさに橋の方を振り返ると、さっきまでそこにいた、あの男の子の姿がない。

アリスが駆けだした。透の方を振り返り振り返り、呼ぶようにしながら、先に立って川の方へと走ってゆく。

「待って、アリス」

透は新聞紙を新聞受けに戻して、猫のあとを追うように、自分も川に向かった。

橋から見下ろすと、川の中で、びっくりしたような顔をしたあの男の子がばしゃばしゃと水しぶきを上げている。近くにあった大きな岩に、何度も滑(すべ)りながらしがみつき、必死な表情で顔を上げた。

「落ち着いて、そんなに深い川じゃないから」

透は声を投げかけた。男の子は泣きそうな顔をしたまま、うなずいたようだった。

けれど川の流れは速いし、秋のこの時期はもう、水は冷たいはずだ。それにもしかしたら、橋から落ちたときに、どこかに怪我をしたかも知れない。小さな川にかかる小さな橋とはいえ、そこそこの高さはある。むしろそちらが心配だ。

「大丈夫？　どこも痛くない？」

「大丈夫」

男の子は答えると、川岸から伸びていた木の枝に手を伸ばし、片腕で抱きつくようにした。もう片方の腕は変わらず、大きな岩にしがみついている。

「良かった。その木の枝、離さないでね」

おとなを呼んでこようかと思ったけれど、目を離した隙に、あの子が流されたらどうしよう、と思った。スマホを持っていたら良かったのだけれど、パジャマ姿ではさすがに持っていない。

（とりあえず、ぼくがなんとかしないと）

透はうなずき、辺りをうかがった。

あの場所なら、落ち着いて岩伝いに移動すれば、向こう側の川岸に行ける。透にとっては近所の遊び場だから、その辺は熟知している。

（でも、口で説明するのは難しそうだ）

手を引いてあげればなんとかなるだろう。透自身もそんなふうにして、いろんなひとに手を引かれて、川遊びを覚えたのだから。

透は急ぎ川原に降りた。川の水の中に入り、ところどころに顔を出している大きな岩につかまるようにしながら、流されそうになっている男の子のそばに近づいた。水が冷たい。岩は滑るし足元は水に押されて思うように動かない。

それでもなんとかして、男の子がしがみついている岩にたどりついた。滑る岩に指をかけ、上に上がった。

手を伸ばし、男の子に声をかけて、片方の手で透の手を握ってもらい、岩の上へと引っ張り上げた。濡れている岩が怖く、自分も足を滑らせてしまいそうだったけれど、なんとかバランスをとって踏ん張った。人間、ひとふたり分の命のためだと思えば、力が出るものだな、と思う。きっとこれがいわゆる、火事場の馬鹿力なのだろう、なんていうことを、透は頭の片隅で、どこか冷静に考えていた。

そうして岩から岩へと、男の子に声をかけながら、ときに跳んで移動したりもしながら、伝って行き、やがて、川岸へと辿り着いた。

川岸に茂る、秋の草波の中に、その子とともに飛び込んで、へたへたとしゃがみ込むと、濡れたからだに、朝の風が氷のような冷たさで吹きすぎ、冷やしていった。どうしようもなく全身が震えた。

寒いのか怖かったのか、それともそのどちらもなのか、男の子もぶるぶるとからだを震わせている。顔が青ざめていた。

男の子はそれでも笑顔になって、透に、

「ありがとうございます」

と、きちんとお礼をいってくれた。

朝の光の下で見ると、この子の瞳の色も、千晶と同じ蜂蜜色で、透明感のあるまなざしもよく似ている。

「えっと、きみは葛葉千晶さんの弟さんなのかな？」

透が訊ねると、男の子はきょとんとした顔をして、そのあと、そうです、と、不思議そうにうなずいた。

「やっぱり、そうなんだ。ぼくは、お姉さんと同じクラスなんだよ。あと、ゆうべ、バスの中から——」

と、話し始めたとき、

「おーい、透くん」

と、橋の上から誰かが——月原一整が、大きな声で、透の名前を呼んだ。「どうしたの、いったい？　川に落ちたのかい？」

気遣わしげに、透と、その横にいる男の子の方を見つめる。その足下にはアリスがいた。

「月原さーん」

透はほっとして、川原から大きく手を振った。


開店よりもずいぶん早い時間だったけれど、一整は桜風堂書店の中に透と男の子を呼んで、ストーブをつけてくれた。店の真ん中に置いてある大きなテーブルの椅子にふたりを座らせ、母屋(おもや)からバスタオルをとってきてふたりに渡すと、泥で汚れたそれぞれの濡れた服を預かって洗濯機に入れ、カフェスペースで手早くミルクを温めてくれた。

バスタオルにくるまって、ストーブに当たりながら飲むホットミルクはふわふわと湯気(ゆげ)を立て、溶けるように甘くて美味しかった。生き返るような一杯だった。そういえば、今朝は朝食がまだだった、とぼんやりと考える。土曜日の朝、朝食前に人助けという冒険をひとつこなした感じだなあ、と。

(日常の中に、こんな非日常があるってさ)

軽く肩をすくめる。助けられたから良かったけど、普通の日常が良いなあ、と噛みしめた。朝からドラマチックすぎるのはちょっと困るというか。

千晶の弟は猫舌なのか、ふうふう吹きながら、少しずつ飲んでいるようだ。姉に似て色白の頬にみるみる血の気が差していった。

あちこちすりむいたりしてはいるものの、大きな怪我はしていないようだった。透はオロナインの瓶を渡してやりながら、良かった、と思った。むしろ、自分の方がどこかのタイミングで左の足首を傷めたらしく、じんじんと痛んできていた。いつ捻ったかぶつけたか、覚えていないのは、必死だったからだろう。

男の子は瓶を受け取ってにっこり笑う。

「ぼくたちは——ぼくはね、身軽なんだよ。あれくらいの高さ、どうってことない」

ちょっとさ、びっくりしただけ、と恥ずかしそうに付け加えた。そして男の子はしげしげとオロナインの瓶を見つめ、ゆっくりと蓋を開けると、珍しそうに軟膏の匂いを嗅いだ。

一整もまた、きっと起きたばかり、着替える前だったのだろう。まだ部屋着のフリースの上下を着たままで、ほっとしたような笑顔で、

「そろそろ開店の準備をするかな、と布団を片付けていたら、アリスが走ってきてね。ついて来て、川の方に来て、って呼ぶんだよ。猫の言葉って通じるものなんだね。何事かと思ってさ」

行ってみて良かったよ、と一整は笑う。

「ありがとうございます。助かりました。アリスもありがとうね。さすが、賢いなあ」

猫は、透が岩伝いに男の子を助けようと悪戦苦闘していたとき、家まで走って帰って、一整を連れてきてくれていたのだろう。

額を撫でると、猫は得意そうに首を伸ばし、目を閉じた。

洗濯が終わるまで、と透が男の子に服を自室から持ってきて渡した、そのときだった。

何の前触れもなく、店の戸が開き、長い髪をなびかせた葛葉千晶が、店の中へ駆け込んできた。そうして、椅子に腰をおろした弟をすくい上げるように抱きしめた。とても大切なものをかき抱くように。

「――千早、あんたがいないと、わたしは世界でひとりぼっちになっちゃうじゃない」

呟く声が聞こえた。

姉弟仲が良いんだな、と思いつつ、違和感があった。自分の弟が、いまこのタイミングで、桜風堂書店のこの場所にいることを、何か危ない目に遭っていたらしいことを、まるで戸を開ける前に知っていて、まっすぐ駆け込んできたように見えたからだった。

透と一整が、しばし状況が読めなくて、葛葉姉弟を見つめていると、千晶ははっとしたように、居住まいを正して、

「ありがとうございます」

と、頭を下げた。「――どうもこの子がお世話になっていたみたいで。あの……」

「お姉ちゃん、ちゃんとお礼をいってよね」

千早と呼ばれた弟は、軽く腕を突っ張るようにして、姉から身を離した。「そのお兄ちゃんに助けてもらったんだから。服だって貸してもらったんだよ」

千早が透を見やり、千晶はその視線を追うようにして、今更のように透を見つめた。

蜂蜜色の澄んだ瞳が潤み、長い睫毛に、小さく涙の粒が光っていた。

透はドギマギとして、両手を振った。

「えっとその、たまたまだよ、たまたま。ぼく、川の近所に住んでたから。——ああ、そういうこと、いいたかったわけじゃなくて」

自分の頰が火照るのがわかる。今更のように、未だバスタオル姿だった自分のかっこ悪さが情けなくなったりもした。「ぼくは、その、千早くんが川に落ちたとき、すぐそばにいたんだ。そばにいて助けられて良かったと思って」

千晶の目に大粒の涙が浮かんだ。水晶のような、ガラスのような涙だと思った。

千晶は嗚咽をこらえるように両手で口元を押さえ、透に深く頭を下げた。


やがて藤森や来未たち、店のスタッフがやって来て、開店の準備を始め、千早と透の冷えていたそのからだがストーブで暖まってきた頃——。

千晶は言葉少なに、引っ越してきたばかりだから、朝の散歩を兼ねて、この町まで弟とふたりで来たのだ、といった。

「この近くに、行きたいところがあったんです。弟とふたりで、行かなくちゃいけないところが」

けれど、初めての町で、物珍しさにあちこち見とれていたら、気がつくと弟の姿が見えなくなって、慌てて捜していたのだと。

姉弟以外の、他の家族はどうしたのだとか、そもそも山のどの辺りで暮らし始めたのか、どこになぜ行きたかったのか、なんて質問は、藤森たちがそれとなく訊いたけれど、それには特に返事はなかった。

透もその辺りは気になったけれど、いいたくない事情があるのかも、と思うと、深く踏み込んでまでは訊けなかった。透自身、家族のことではひとに話したくないこともある。そしてこの町は昔から、必要以上には訪れたひとびとの事情に踏み込まない、強く優しいルールを持って続いている町であり――なので、ひとびとは、姉弟がそこにいるだけでよしとするように、ただ見守っていた。

そのうち、千晶がふと目を輝かせて、店の棚に並ぶ本の数々を見始めたので、ひとびとはどこかほっとしたように、それぞれの仕事をしながら、それとなく彼女を見守っていた。

やがて開店の時間になり、町のひとびとが店を訪れ、楽しげな会話がそこここで花を咲かせたり、静かにひとり棚の本たちと向かい合うひとびともいたりと、いつもの桜風堂書店の幸せな朝が始まった。ピアノ曲の静かなＢＧＭも空気のように漂い、そんな中で、コーヒーサイフォンが良い香りと、お湯が沸く楽しげな音を響かせ始める。朝の光が、窓から射し込み、木の床が年季を経て得た、麗しいつやを輝かせる。

姉弟に気付くと、訪れたひとびとは、おや、というように目をやったり、微笑みを浮かべたりしたけれど、特に声をかけるでもなく、同じ空間に迎え入れているようだった。

店内に満ちる穏やかな光の中で、千晶は、少しだけはにかんだような表情で、静かに本たちの背表紙を眺め、時に棚から抜いて、頁を開き、眺めたりしていた。

そのうちふと、ひとりごとのようにいった。

「ここはとてもいいところね。初めて来たはずなのに、とても懐かしい。町も、そしてこのお店も。記念に何か一冊、買って帰ろうかな。選ぶのに迷っちゃいそうだけど」

その言葉に、透は、ああ千晶はいつかこの町からいなくなるのだろうな、と思った。きっとそうたたないうちに。転校してきた日に、先生もそんな話をしていたような。

ずっと住む町ならば、ひとはきっと記念になるようなものを買ったりはしない。

透の視線——たぶん寂しげな——に気付いたのだろう。千晶は言い訳をするように目を伏せて、いった。

「ひとつの町に長くいることはないの。——でもいつだって、嫌でいなくなるわけじゃない。この町は特に。だって——だって、ご先祖様が住んでいた町だもの」

「ご先祖様……？」

「わたしも弟も、ここが故郷なのよ。ずっと帰ってきたかった。わたしたちだけじゃなく、たくさんのひとたちが。きっと。一族みんなの憧れの地だった。

そのせいかな。空も山も、みんな懐かしく感じる。ひとの、笑顔も。とても優しいのね。お帰りなさいっていわれているみたい」

透は、その言葉の意味を摑みかねて、それならずっとここにいればいいのにな、と、それだけ思った。

横で会話を聞いていたらしい千早が、

「あのね、川だって懐かしいよ。ずっと見ていたいくらい。だからぼく橋から落ちたんだ。そうじゃなかったら、そんなうっかりしたことしないもん」

話に割り込んできて、そういった。

店を訪れる客たちは、時間によって入れ替わり、賑やかなひとびとがまた戸を開ける。この日は動画の取材中の楓太と、コーヒーを飲みに来た音哉も同じタイミングで鉢合わせして、千晶がいることに気付くと喜んだ。あとは本好き同士、棚を一緒に眺めながら、話に花を咲かせたりした。その頃には、千晶の表情も、ずいぶん柔らかなものになっていた。

ちょうどお昼にさしかかる頃でもあり、透の祖父にそれとなく耳打ちされた一整が、手早くサンドイッチや飲み物を出してくれて、透たちはわいわいと美味しいものを楽しんだ。

やがて、楓太は取材の約束があるから、と、音哉はオンラインのレッスンの時間だから、と、名残惜(お)しそうに手を振って帰っていった。

「またね」と、千晶に声をかけて。

「また本の話とかしようね」と、笑顔で。

「またね」

千晶も笑顔でそれに答えて、小さく手を振った。

千早の服の洗濯が終わり、山の風に吹かれて、良い感じに乾いた頃には、日がかすかに傾き始めていた。まだ明るい時間だけれど、黄昏時と夜がじきに訪れようとして、どこかでそっと待っている気配がするような、そんなうら寂しい時間だ。

ではそろそろ帰ります、と千晶が透たちに、改めてお礼をいおうとした。

「行きたいところもありますし」

きゅっと唇を噛んだ。透は、

「そこまで送るよ」

と、声をかけた。

千晶たちがどこに用があるのかは知らないけれど、地元民の自分が一緒の方が、目的地に辿り着くのがずっと楽だろうと思った。

(それに、またはぐれたり、川に落ちるようなことがあるといけないし)

左足は痛むけれど、自転車を押していって、帰りはひとりで漕いで帰ろう。

姉弟はちょっと顔を見合わせたけれど、特に嫌だともいわれなかったので、透は店のひとたちに断って、姉弟と一緒に店を出た。

千晶と千早は、町を突っ切る道のひとつを、妙音岳の上の方へ向けて、わずかな迷いも見せずに進んでゆく。

秋の山道を行きながら、千晶がふと、いった。

「この山には、湖がいくつかあるのでしょう。そのうちのひとつ、いちばん大きな湖を見に行きたいの」

思いがけない言葉に、透は息を呑んだ。

「――それって、ええと、あの、もしかして、古の龍神が眠っているっていう伝説の湖？」

何もいわずに、千晶と、そして千早がうなずいた。秋の風に、千晶の長い琥珀色の髪が流れ、日差しに金色に輝いた。

「どうして？」

あの伝説ってそんなに有名だったっけ、とか、軽い口調で訊ければ良かったのかも知れない。けれど言葉が巧く出てこなかった。

だから透は、ただ口を結んで、少しでも早く山の上の方へ行けるだろう道を、頭の中で考えて、そちらへとふたりを誘おうとした。

町外れへと、道は続く。ゆったりとした登り坂になる。

途中で、拝み屋のおばあさんの家の前へとさしかかった。柔和な笑顔を浮かべたあのおばあさんが、後ろに手を組んで、家の前に立っていた。まるで、透たちがその日その時間にそこを通ることがわかっていたように。

おばあさんは、透に、「こんにちは」といい、千晶に、「お帰り」といった。皺だらけの手で、千早の頭をそっとなでた。

そして、千晶にいった。

「そうかそうか。こんな風に、あんたが帰ってくることが、きっと昔に決まっていたんだね」

千晶はただおばあさんに会釈した。皆が通り過ぎようとしたとき、おばあさんが秋の草花でこしらえた、美しい花の輪を千晶に手渡した。

「これを龍神に供えてあげなさい」

千晶はお礼をいって、花の輪を受け取った。

透はただ、それを見ていた。不思議な物語が、目の前で唐突(とうとつ)に始まったようだった。いままで普通の土曜日を過ごしていたはずだったのに、どこかで——夢か映画か物語の世界に、引き込まれていた、というように。

おばあさんがいつまでも自分たちを見送っていることを、透は背中で感じていた。

道は山の頂上へ向けて、ゆるやかに続いてゆく。あたりは一面に薄(すすき)野原。日の光を受けて、きらきらと狐の尾のような穂が輝く。銀色の海のようにも見えた。

千早が薄を一本抜いて、ふわふわと振り回しながら、先に立って歩いて行く。

それを見守るようにしながら、千晶がふといった。

「こんな話を知ってる？　山で自由に暮らしていた狐の娘が、木地師の若者に恋をしたお話。娘は狐として生きることをやめて、ひとの姿になり、若者に嫁いだ。ひとの里で暮らすようになって、娘は、ひとという存在そのものに恋をした。やがてその里を守るために、狐の不思議な力を失い、若者のそばから姿を消し、人里でひととして暮らすことも出来なくなった」

透はうなずいた。

「この町に伝わるお伽話だよね。——若者は帰らない娘を待ち続けてやがて年老いて死んでしまい、狐の娘もまた若者の生涯をそばで見守りつつも、二度とその前に出ることは出来ないまま、死んじゃったんだよね」

「実はその後の話があるの」

千晶は、静かに言葉を続けた。「最後まで優しく生きた狐の娘と若者を不憫に思った山の神々は、亡くなったふたりを生き返らせた。遠い日にふたりが別れたときのままの、若い頃の姿で」

「えっ？」

「けれど、ひとの寿命の長さを変えることは、ほんとうは神々にも赦されていないこと。里のひとびとには話してはいけない、どこか遠くへ行きなさい、と、神々にいわれて、若い夫婦は、この里を離れて旅立ったの。

ふたりは新しい命を得たけれど、故郷を永遠に失うことになった。それでも、若者は元々、旅人の生まれつき、娘も元は野の獣。ふたりと、その子孫は、野山を旅してゆき、時に海をも越えて異国にも渡り、自由に暮らしていったのよ。帰れない故郷を、長く長く思いながら。

狐の娘と若者の末裔(まつえい)たちには、故郷を忘れられない理由があった。遠い未来に龍神がきっと蘇る。そのときは今度こそ故郷を滅ぼしさるだろうと、そんな言葉も伝えられてきていたから。

──あるときから、その子孫の中に、故郷をその龍神から救えないだろうか、と考える者たちが現れた。二度と帰れないやも知れぬ故郷だと思うからこそ、よけいにその地に憧れ、その地を救えないかと思ったのかも知れない。元がお伽話のように、狐の恋から始まった、その子孫たちだったからこそ、奇跡や魔法の力で、滅びのさだめが変えられないかと思ったのかも知れない。

世界中に広がった、狐の娘の子孫のうち、そんな夢を見た一族があったの。長い長い年月をかけ、この国や世界を渡り歩き、いろんな知識を得て、調べ物や研究、辛い修行を繰り返して、そしてついに、娘の遠い子孫は、ひとつの呪文を見出した。湖の底に眠る龍神を永久に眠らせるための呪文を。

そこに至る道は、長くそして過酷(かこく)で、最後に残った末裔は、若い娘と幼い弟ただふたり──」

透は言葉を失った。

青く澄んだ秋の空から、透き通る風が吹き渡り、輝く薄の穂をさざなみのように揺らす。その海の中、琥珀色の長い髪の千晶が歩みを進める。秋の色に染まった山の上を見上げて。

「龍神が目覚める前に、桜野町に戻ってこられて良かったわ。呪文を運ぶことが出来て、よかった。そして故郷のひとびとが、楽しくて優しいひとばかりだって知ることができてよかった。確かに守るにたるひとたちだったって――」

くるりとこちらを振り返って、千晶は笑う。

「なんてね。信じた？」

透は何も答えず、千晶の横を通り過ぎ、自転車を押して、山の上を目指した。

（そんな、お伽話か、物語みたいなこと）

リアルであるはずがない、と思いつつも、秋の風が耳元でうたうように音を立て、薄野原がざわめくこんな日には、現実こそ、ずっと遠くのものに思えた。

ここは桜野町。お伽話や神々の物語に、とても近い場所なのだ。

あれから、長い時間が経って、いまの透は、あの不思議に満ちた土曜日に起きたことは、ほんとうのことだったのか、それとも夢幻（むげん）の出来事だったのか、と揺らぐように思う。

たしかなのは、あの秋の日に転校生が来たことと、彼女とその弟が、桜野町を訪れ、桜風堂書店でひとときを過ごしたことだ。

そのあと、山の湖を訪れたことと、そこで起きた出来事は思い出そうとしても、夢の中の事のように遠ざかる。

山の湖に着いたのは、空に大きな月が昇る頃だった。

月光に照らされた、広々と大きく青い湖は、その底が見えるのでは、と思うほど透き通って見えた。

その汀（なぎさ）に、千晶と千早はひざをつき、どこの国の言葉とも知れない、不思議な詩のような言葉を、水に注（そそ）ぎ込むように呟いた。

静かに夜風が吹き、湖の水に波紋を作り、そして言葉を唱（とな）え終わった千晶は、拝み屋のおばあさんから託された花の輪を、静かに、湖に沈めた。

花は月の光に照らされながら、深く深く、ゆらゆらと沈んでいった。――そして、これは透の見間違いかも知れないのだけれど、湖の暗く深いところで、大きな金色のふたつの目が、夜空を見上げて光ったような気がした。

目は、ぱちりぱちりとまばたきを繰り返すと、静かにまぶたを閉じ、それきり見えなくなった。


月の光に照らされながら、透は、千晶と千早をあの古いバス停のそばにある、小さな古い家まで送った。――朧気（おぼろげ）に、そんな記憶がある。

そこでは、見知らぬ外国のお茶やお菓子を出してもらったかも知れない。

荷物も何もない、窓にはカーテンもかかっていないような家で、ただ大きなトランクがふたつほど置いてあった。

ああここはすぐにでも旅立てるような、そんな旅人の家なんだな、と、寂しく思ったのを、透は覚えている。

それからそう、「夢みたいな出来事だった」と、透が呟くと、千晶はこんなことをいった。

「わたしにとっては、あなたと会えたことが夢の中のお話みたいだったわ」と。

大きな窓から降りそそぐ、月の光を浴びて。

「世界には、あなたたちから見て不思議なことがたくさんあるの。魔法の世界で呼吸して、生きている存在がある。あなたたち、普通の人間には見えない、聞こえない、お伽話みたいなことがたくさんあって、あなたたちの普通の生活のすぐそばを通り過ぎているの。同じ宇宙の時間を生きながら、交わることはなく、そっと見守り、通り過ぎながら生きているのよ。

わたしたちは風のように、すぐそばを吹きすぎてゆくだけ。目が合い、言葉を交わしても、錯覚だと忘れさられてゆく。そういうものだとわかってはいても、たまに、寂しくなることもあるの。そしてたまに——あなたみたいに、不思議に気付くひとがいる」

千晶は、蜂蜜色の瞳に笑みを浮かべた。「気付いてくれて、ありがとう。わたしと弟の——わたしたちの長い長い旅を知り、わずかでも同じ時を過ごしてくれて、嬉しかった」

透は、月の光の眩(まぶ)しさに息が止まりそうで、千晶の目の美しさに魅入(みい)られそうで、笑って誤魔化そうとするしかなかった。

「まるでさよならみたいなことをいうんだね」

「だって、さよならだもの」

それが、透が聞いた千晶の最後の言葉だった。いやそのあとに、風が吹き付けるようにかすかに聞こえた、

「わたしのこと、覚えていてね」

といった一言が最後だったかも知れない。「わたしね、たぶん、知っていてほしかったの。わたしがここにいるということを。長い時を超えて、この平和な町を、帰れない故郷を救おうと願い続け、祈り続けたひとびとがいたということを。

ほんの一瞬でいい、わたしの声に耳を傾け、振り返ってほしかったのかも」


その日のことを思い出すたび、透は思う。

千晶と弟はいまも、世界のどこかにいるのだろうか、と。どこか広い空の下で、風に吹かれて、旅を続けているのだろうか、と。

千晶はあれきり、桜野町を訪れることはなく、学校にも二度と来なかった。先生はただ、急な転勤が決まったらしい、とそれだけをクラスの皆に告げた。

あの夜に透が訪ねたはずの、バス停のそばの小さな家は、もう一度訪れようとしてもどこにも見当たらず、桜野町の誰もそんな家のことを知らなかった。

あの土曜日の午後、楓太がたまたま桜風堂の店内の様子を撮影していて、そこに千晶と千早の姿も写っているはずだったのだけれど、再生してみても、まるで魔法で消し去ったように、ふたりの姿はそこになかった。

何もかもが、現実ではなく、夢ものがたりだったように。

それでも、透たちはあの日、千晶と千早が店に来たことを覚えている。桜風堂書店の本棚に並んでいた、たくさんの本に目を輝かせ、記念に、と本を一冊買って帰ったことも。

「これ持ってるんだけど、記念にするなら、やっぱりこの本かなあ」

と、笑いながら、彼女は文庫本の『風の又三郎』に、桜風堂オリジナルのカバーを掛けてもらい、大切そうに持ち帰ったのだった。

（またいつか、帰ってくればいいのにな）

透は思う。

秋の風に乗って、帰ってくればいいのに、と。

（だって気がつけば、町を守ってくれてありがとうって、お礼をいってないよ）

もっと本の話をしたかったし、町の中を一緒に歩いてみたりしたかった。

一瞬で吹きすぎた秋の風のような女の子は、湖の竜を眠らせて、どこかへいってしまった。

誰も知らない物語の主人公のように。

それでも、すべてが現実的な出来事で、ただ透があの一日、妄想と夢幻の時間を生きていたのだと、そんな解釈も出来るかも知れない。あの子はただの転校生。言動がちょっと謎めいていただけの、ただのひとりの中学生だったのだと。動画に残らなかったのは機材の不具合で――。けれど、透はそんなふうには思いたくなかった。あの秋の日の記憶を感じたままに、忘れずにいたいと思った。

あの夜、山の中の小さな家で、透の足首の痛みを、千晶は癒やしてくれた。白い優しいてのひらで、そっと撫でて、痛みを治す魔法があるのよ、と異国の呪文をささやいた。夜の風が波の音のように辺りに響き渡っていた。

「きっとずっと忘れないよ」

透は呟く。「おとなになっても忘れない」

覚えていて、とあの子はいったけれど、忘れようがないよ、きっと。

この世界のすぐそばに、魔法や奇跡が息づく世界があるということを、月の光に照らされた、夢ものがたりの世界があるということを、透はきっと忘れない。

第三話　時の魔法

十月。

ハロウィンが近づいた頃のある土曜日の早朝、急に休みが取れた卯佐美苑絵(うさみそのえ)は、ひとり、電車を乗り継いで、桜野町(さくらのまち)に向かっていた。

いつも何かと一緒に来たがる母茉莉也(まりや)は、今回は仕事の折り合いがつかず、街に残り、苑絵にしては珍しいひとり旅だった。

車窓から朝陽差す野山の景色が流れてゆくのを飽きずに見つめながら、苑絵は、まるで遠足に出かけるような気分でうきうきとした笑みを浮かべる。

(遠足――ううん、里帰りかなあ)

窓辺に置いた、愛用の小さな魔法瓶には、早起きして淹(い)れた熱い紅茶が入っている。おやつにはデパ地下の洋菓子店の焼き菓子を少し。これはお土産(みやげ)にも包んでもらっていて、リュックに入れてきた。

桜野町にこうして通うことも気がつけば数を重ね、もはや何度目のことか記憶していない。一整を手伝って桜風堂のレジに立つことも増えてゆけば、桜野町にも顔見知りのひとびとが増えてゆく。手土産を渡す相手の数も増えてゆくというもので——あの町に「帰る」都度、気がつくと苑絵はまるでお菓子を配る時季外れのサンタクロースのように、必ずリュックやキャリーにたくさんのお菓子を詰め込んで向かうようになったのだった。

今回の旅行もなかなかに土産物の数は多く、苑絵は傍らに置いたリュックのそのほどよい膨らみ具合に、笑みを浮かべる。

(里帰りみたいで、いつも楽しいなあ。うん、やっぱり、きっとこれが、大好きなおばあちゃんちに帰るような気分っていうものなのよね)

古今東西の児童文学や漫画や映画、アニメに登場するそんなシーンのあれこれを、苑絵は思い浮かべる。

苑絵には、父方にも母方にも里帰りするような故郷はなく、おばあちゃんのうち、というものに子どもの頃から憧れていたので、それ故に余計に、山間のその町を懐かしく感じるのかも知れない。いや、感動で涙ぐみそうになるほどに、その町のひとびとが、苑絵の訪問を喜び、笑顔で歓迎してくれるからなのかも。

(孫が帰ってきたみたいに、みんな自然に、でも大喜びして迎えてくれるから)

母である元芸能人の茉莉也が、そもそも桜野町とは縁があり、その娘である、ということが、町のひとたちに可愛がられる所以になっているらしい。なので視線が、孫に向けるそれになるものなのか。

はたまた、老舗の書店である桜風堂書店を継いだ、若き書店員月原一整の、その店を手伝いに遠方からわざわざ来てくれる、都会のお嬢さん、というところも、苑絵の訪問が歓迎される所以のひとつであるらしい。もしかしたらお嫁さん候補、みたいな興味津々な視線で見られてしまうのは、どうにも照れくさく、いやそんなはずはないです、と打ち消すのも、自意識過剰なような気がして、ときどき困ってしまうのだけれど。

桜風堂書店の若き店長である月原一整は、遠くの街にいた頃は、ほぼお客様相手にしか、それもごくわずかな笑顔しか見せないような、寡黙な書店員だったけれど、いまは山間の町に溶け込んで、苑絵がつい見惚れるような、明るい笑顔を浮かべる店長になっていた。

驚くべきことに、お客様相手に、軽い冗談や、楽しげな会話までするようになっていて——苑絵は、この隠れ里のような山里に辿り着き、そこで暮らすようになった一整の幸せそうな姿に、しみじみと、まるで保護者のような気分になって、良かったなあ、などと思ったりするのだった。

苑絵は、銀河堂書店のみなと一緒に来た、あの冬の最初の来訪以来、桜野町に通うようになっていた。桜風堂書店は、カフェスペースを置いたことがいいように作用し、さらに新しい客を迎えるようになっていて、一整たち、桜風堂書店のスタッフだけでは、お客様をさばききれなくなっていたのだ。

山間の、忘れられかけていたかつての歴史ある観光の町の老舗書店と、その書店がある小さな商店街は、町長と町のひとびとの、生き残りをかけた努力や企画がちょうど実を結び始めていた時期でもあり、多くの旅行者を迎えていた。元々の住人だけでは対処が難しいほどに、華(はな)やかな、けれど忙しい日々を送っていて、苑絵を始めとする一整に縁がある書店員たちは、何かと桜野町を訪れ、桜風堂書店に手を貸す日々が続いていたのだった。

「なんというか、夢なんだよな、あの店は。現在進行形の、夢の本屋さんなんだ」

銀河堂書店の店長、柳田六朗太(やなぎたろくろうた)は——彼自身も人一倍、桜野町に通っている書店員のひとりなのだけれど、ある夜、閉店の準備をしている銀河堂で、スタッフにそんな話をしたことがある。店内を片付けながら、どこか独り言のように。口元に優しい笑みを浮かべて。

「うちの店は大きな街の老舗の書店で、かつてほどの勢いはないにしても、まあ駅のそばの、星野(ほしの)百貨店の本館にあるので、よほどの冒険をしない限りはなんとか続けていけるだろう。そもそも親会社が安泰(あんたい)で、百貨店も盛り返して安泰、両者の創業家からは、なかば社会貢献(こうけん)のような意味合いで、店を続けてほしいと頼まれてもいる。今の時代、およそあり得ないと思えるほどの、幸せな書店だと思う。

けれど、月原の店——桜風堂書店は違う。町の規模そのものがいまは小さく、忘れられたような観光地で、住人の数も少ない。商店街も、和気藹々(わきあいあい)としてはいるけれど、どこか眠たげな、勢いがある町というわけではない。

そんな中で、あいつの継いだ店が、どんな風に生き延びてゆくか――どんな風にお客様を集め、この時代に書店を続けてゆくか。店を開け続け、未来へと進んでゆけるか――それを見守り、ともにあの店のこれからを夢見ることが、俺には多分、夢と奇跡の実現に立ち会うような気分なんだろうなあ」

床にモップをかけながら、柳田は話し続ける。

「――昨今、日本も世界も、ひどいニュースや悲しいニュースばかりじゃないか。俺なんか涙もろいもんだから、うちの猫たちをぎゅっと抱きしめて、ニュース見ながら泣くこともあるよ。もう、流行病（はやりやまい）も戦争もたくさんだ。それに伴（ともな）う不況も、いろんな店や会社が潰（つぶ）れてゆくのも、もう嫌だ。本屋が潰れてゆくのも耐えられない。平和な世界で、みんなが楽しそうに本屋に来て、山ほど本を買って、飽きるくらい読み続ける――そんな世界が、俺は好きなんだ。そんな世界が、良いんだ。ついこないだまでは、当たり前にあったはずの世界なんだ。

あの時代をもう一度。和（なご）やかで、誰も泣かない時代に帰りたい。そんな夢はなかなか一朝一夕（いっちょういっせき）には叶（かな）わない。いやそれくらいわかってるさ。俺だってわかってるさ。俺はスーパーヒーローじゃない。この手にある本を一冊一冊売っていくしか能のない、一介（いっかい）の書店員に過ぎない。けどさ。この俺に出来ることなら、少しでも力になれるのなら、あの山間の小さな古い商店街の、月原の店がうまくいくように、俺は手を貸したいんだ。そこからが俺の、未来へと続くはるかな夢の実現、祈りの実現に至る道なんだ。

だから、あの店にこの手を貸したいんだ」

柳田は、グローブのように大きな自分の手を、じっと見つめた。長年、たくさんの本を扱い、運び、並べた手には無数の古傷と皺がある。その手を軽く握り、またモップをかけた。力を入れて、古い床を磨く。

そのそばで、棚に羽箒をかけながら、副店長の塚本保が、穏やかな声でいった。

「そうですよね。何事も足下から。少しずつ灯りを灯していけば良いんだとわたしも思います。一朝一夕に、みんなが幸せに本を買い、読んでくれるような世界は実現しませんからね。足下を照らしてゆく。それがいつかきっと、世界を明るくする。

その日は来ると、信じていても良いじゃないですか。おとなだって夢は見たい。少しばかり大きな夢でも、ひとつくらいはね」

柳田店長は太い首でうなずき、床をひときわ強く、ごしごしとこすった。

店長と副店長の言葉を聞きながら、苑絵はそっとうなずき、自分もまた同じことを願うのだと嚙みしめながら、児童書の棚の手入れをしていたのだった。

いま、のどかな田園を走る電車に揺られながら、苑絵は思う。

ひとが生涯の間に、その手で出来ることはあまりに少なく、きっとその多くのひとが命をかけて願うほどには、叶わない。叶う願いごとは、きっと、ほんの少し。ささやかなことばかり。少なくとも、苑絵の小さな手には、出来ることもつかめるものも、たいしたことやものではないだろう。

わかっている。それくらいのこと、自分でちゃんとわかっている。

電車の窓から射し込む、秋の日差しを白く柔らかなてのひらに受けて、苑絵はため息をつく。

(でも――)

そっと光とぬくもりを握りしめるように、てのひらを握って、苑絵は窓の外の、近づいてくるなだらかな山脈を見上げる。

いまはすでに懐かしく感じる商店街と、そして、古く小さな書店がある、その山の方を。

(だけど、わたしは、わたしにできることをしよう)

踏みとどまり、立ち止まって、小さな書店の灯を守る、そのための力になろう。

そうしようとしているひとびとが、あの町にはいて、お店を愛してくれるお客様たちがいる。

何より、大好きなひとがそこにいるのだから。

その日の昼前のひととき、桜野町の桜風堂書店は、午前中の、いつもの町内の常連客たちの来訪の時間を終え、静かな時間が流れていた。この界隈は、ひとり暮らしのお年寄りが多いこともあり、遅めの朝食を商店街でとる客も多い。一整のブックカフェも、そんなお年寄りたちの朝食会場のひとつに選ばれるようになっていた。

お年寄りたちは、新聞を読み合い、時事問題を語り合い、朝と夕方は流している、地元のラジオ番組の音楽や天気予報に耳を傾けたり、ふと浮かんだ思い出を語り合ったりしながら、カフェの朝食に舌鼓(したつづみ)を打つ。

朝食のメニューは、トーストにサラダ、ゆで卵にハム、コーヒー、紅茶、あるいはミルクやジュースで、パンも野菜もハムも牛乳も地元の新鮮なものを仕入れて作っているので、どれも美味(おい)しい、ご馳走(ちそう)だと評判だった。

桜野町には、都市からの移住者の若者も多く住み始めたところで、そういったひとびとが、彼らの住処(すみか)であるアパートやホテルから、カフェに顔を出す機会も増えてきた。出勤や仕事を始める前にこの店に寄ってくれるのだ。

もともとそういうひとびとは、この店の本にも用があってやってくる。仕事関係の本や勉強のための本を見繕(みつくろ)い、趣味(しゅみ)の雑誌も買ってきて、朝食をとりながら目を通すのが常だった。この店はブックカフェと名乗っていても、会計の済んだ本だけをカフェスペースに持ち込む決まりにしてあるのだった。

さて、一整の淹れる飲み物や、出す軽食のメニューは、どんな年代の客にもすこぶる好評で、

「店長さん、コーヒーいつもすごく美味(おい)しいよ。こんな田舎(いなか)に引っ込んでないでさ、どこか都会で喫茶店開業できる腕じゃないの？」

なんて、年季が入った喫茶好きの客たちに惜しがられるほどだった。

そんなとき、一整は素直に笑って答えた。

「死んだ父がこういうことがうまくて。淹れ方を教えるのも、上手でしたので。ぼくは父には敵いませんし、一生勝てる気がしないので、本屋さんの一角のカフェマスターで、ちょうどいいかな、と思っています」

生前の父が、まだ子どもだった一整に味見をさせてくれた飲み物の味、作ってくれていた軽食の味を、と記憶を辿りながら用意したメニューを褒められるのは、亡き父もともに褒められたようで、嬉しかった。

人間が好きで、いつも笑顔で、お客様に喜ばれることを何より望んでいた父が、もしいまここにいたら、この店を、一整が作る物を楽しんでもらっていることをどんなに喜んだろうと思う。本がたくさんある喫茶店を作るのが父の夢だったのだから。

そんな話をすると、涙もろい山里のひとびとは、うっすらと涙ぐみ、うなずきあったりするのだった。そして店内の端っこの方の席やカウンターで、聞いていない振りをしていた若者たちが、目の端に浮いた涙を拭いたりこらえたりするのにも、一整は気付いていた。

カフェの開業からの日々が長くなるにつれ、地元のメディアに取り上げられたり、ネットで話題になる機会も増えてきて、それに伴って、少し遠くの町や村からも、お客様の来訪が増えてきた。そういったひとびとは、書店内も必ず見て回って、土産物代わりのように、おすすめの本も買って帰ってくれた。

ちょっと高めだけれど、店の一押しの本が売れることもあり、そんなとき、沢本来未と藤森章太郎は嬉しそうにひそかにハイタッチをしていたりもした。

そんなこんなで、どちらかというと悲観的で心配性の一整の覚悟とは裏腹に、桜風堂書店のカフェスペースは大好評といっていいほどのスタートを切ることが出来たのだった。

藤森が澄ました笑顔で、

「ま、うちの店には看板店長と看板オヤジ、看板娘に看板孫息子までいるからね」

店長、というときはまなざしで一整を見やり、オヤジ、というときは親指で自分を差し、看板娘と振り返られた来未は、お盆を手に、その場で軽くポーズをとった。看板孫息子、こと透は照れたように笑って、来未の手を取ると、さりげなくステップを踏んだ。

藤森がよしよしと得意気に笑うと、三毛猫のアリスが床で不満げに大きく口を開けて鳴いた。

藤森は慌てたように、その身をかがめて、

「こりゃ済まなかった。もちろん、看板猫もいつも可愛く、頑張ってて偉いさ」

と、謝ったりしたのだった。

透がアリスを抱き上げて、顔を見合わせ、

「『あたしはただの看板猫じゃないの。招き猫も兼ねてるのよ』、っていってるよ」

そういって笑った。「鼠を追い払ったりもしてるんだってさ」

最初に一整が出会ったとき、小さく華奢(きゃしゃ)だった子猫と少年は、いまはおとなの三毛猫と、中学生になった。一匹とひとりは、すらりと大きくなり、店を支えるスタッフとして、頼もしい存在になっていた。

一整の目から見て透は、毎日見ていたせいなのか、いつまでも小さな子どものように思えていたけれど、じきに母の住む都会に戻り、そこで何か本に関係する仕事に就(つ)くための勉強をするか、資格を取ることを考えているらしい。

この秋、その話を聞かされたときの、透の澄んだまなざしと声が一整は忘れられない。

小さかった頃のように一心にこちらを見上げるのではなく、もっと近い高さから、穏やかに一整に向けるまなざしと、声変わりした声を。

「月原さんがこのお店を守っていてくれることで、ぼくは安心してこの地を離れることが出来ます。ありがとうございます」

おとなびた声と表情でお礼をいわれたとき、ああこの子はいつまでも自分が守るべき子どもではないのだな、と一整は噛みしめた。

ここにいるのは、ともに同じ店を、町を守ろうとする若き仲間なのだ。

「この先、この町を離れるとしても、ぼくはきっと帰ってきます」

物語の主人公のように、少年は誓(ちか)った。

そして今日、月原一整は、銀のミルクピッチャーを磨きながら、ときどき壁の時計を気にしていた。

午後に苑絵が最寄り駅に着く予定で、そう思うと、つい表情がほころんでしまうのが、恥ずかしいような情けないような気持ちになって、口元を押さえたりした。

そんな一整の様子をそれとなくうかがうようにしている店のスタッフの笑みも視界の端に入り、でもそれに気付かないふりをして、

「ええと、ひとの流れも一段落したみたいですし、様子を見てお昼をとりましょうか」

はいはい、と各自、仕事の頃合いを見つつ、早めの昼食をいつものように時間をずらしてとろうとし始め、気を利かせた透がいち早く、母屋の台所に簡単な食事を用意しに出かけたのとすれ違うように、

「こんにちは」

町外れに住む、拝み屋のおばあさんが、カフェの側のガラスの扉を開けて、ひょこりと顔をのぞかせた。

良く日に焼けた、元気なおばあさんで、どことなく馬鈴薯に似ている皺のある顔に、澄んだ小さな黒い瞳がきらきらと光っている。手縫い風の古びた作務衣を着て、少し曲がった背中をして、光の中に立っていた。

一整には、拝み屋さんという存在がどういうものなのか、いまひとつわかっていないけれど、

どうも古くからこの町にあって、まじないをしたり、魔除(まよ)けの呪文(じゅもん)を唱(とな)えたり、赤ちゃんが生まれれば名付けをしたり、と代々そんな仕事をする古い家柄のいまの代のひとらしい。西洋風にいえば、魔女や魔法使いのようなひとなのかな、と、一整は思っていた。

一整自身は、そういった魔法や不思議なことを、百パーセント信じているわけではないけれど、そういった存在を信じないよりは信じた方が楽しくて、息苦しくないような気がしていて、おばあさんには親しみと畏怖(いふ)のようなものを感じていた。

それに、おばあさんは、この店に、さまざまな魔法めいたものを——藁(わら)で編(あ)んで木の実を飾ったリースや、薄(すすき)の穂で作ったふくろう、和紙を折って作った、可愛らしいお守りを売り物として持ってきてくれる常連でもあった。

おばあさんの作る細工物は、持っていると良いことがあると評判で、いつも入荷するそばから売れていってしまう。

売れたお金で、時代小説の文庫本や、週刊誌、カフェに置いている手作りのクッキーやドーナツを嬉しそうに買って帰るおばあさんは、いつもとても愛らしく見えた。そんなときは、拝み屋さん、などという、現実離れした職業のひとだとは見えない、ただの常連のお客様のひとりでもあった。

今日も何か、品物を持ってきてくれたのかな、と思ったけれど、特に手に荷物を提(さ)げているようでもない。

ただにこにこと、カフェのカウンターの中にいる一整のそばに近づいてきて、ふわりと見上げ、

「あの、可愛いお嬢さんがいらっしゃるのは今日だったかしらね？」

いつも通りの、あたたかな声で訊ねてきた。

「あ……卯佐美さんのことでしょうか。はい」

一整が答えると、おばあさんはつぶらな瞳を、きゅっと細めて柔和な笑顔を作った。

いつだったか、苑絵が桜風堂を手伝いに来てくれていたとき、何の話をしていたのか、ふたりで楽しげに笑い合っているのを見たことがある。

苑絵は、接客業で働くにはあまり向いていないように思えるほど、内気でひとの陰に隠れがちな娘だ。商品知識はたしかでよく勉強もしているけれど、何かと無器用だし、受け答えや仕事が早い方ではない。けれどいつもひとに対して誠実で、真摯な対応をするので、勤め先の銀河堂書店でも、ここ桜風堂書店でも、お客様に信頼され、いつか多くのファンがつく——そういうタイプの書店員だった。

さては拝み屋のおばあさんも苑絵を気に入ってくれたのだろうか、と、一整はどこかほっこりと嬉しくなったのだけれど、同時に少しだけ背中が寒くなったのは、今日の午後に苑絵がこの町に来るということを、このひとはどうして知っているのだろうと思ったからだった。

今日の彼女の来訪は急に決まったことで、この町でそれを知っているのは一整と、さっき話し

たばかりの店のスタッフ、苑絵が宿を取った観光ホテルのひとしかいない。ホテルのひとびとは仕事柄、宿泊の予定を漏らすはずもなく、朝の慌ただしい時間の間、桜風堂書店のスタッフが、町のひとびとに苑絵のことを話す暇もなかったはずだ。

（なんで卯佐美さんが来ることを知っている——いや、わかったんだろう？）

おばあさんは、柔和な笑顔のまま、ふと、声を潜めるようにして、いった。

「——これをね、あのお嬢さんに渡してほしいの」

作務衣のポケットから出して、カウンターの上に、すっと差し出したのは、白い和紙で折って作られた、小さなお守りらしきものだった。翼を広げた鳥のような形をして、赤い文字で何か読めない言葉が書いてある。呪文のようだ。

見上げる黒い瞳が、一整を見つめた。

「魔除けのお守りなの。——あのね、あのお嬢さんは、とっても優しくて、心が水みたいに澄んできれいでしょう。そういう子はね、『悲しい』魔物にも好かれてしまう。救ってくれるんじゃないかとすがられてしまうから」

「ええと……あの」

急に、物語か映画の中に引き込まれたような気がした。

一整が戸惑い、言葉を探していると、おばあさんは、そんな反応には慣れているのだ、というように、鷹揚な笑顔を浮かべ、

「わたしの言葉はね、信じなくても良いから、これをあの子に渡して欲しいのよ。でないとね、あのお嬢さんは、いなくなってしまうかも知れない。どこか遠いところへ連れて行かれてしまうかも知れないから」

指先まで押し出されて、一整が半ば仕方（しかた）なくそのお守りを受け取ると、おばあさんは夜の湖のような、黒々とした瞳で、一整を見つめた。

口元が、柔らかく微笑（ほほえ）んだ。

「店長さんはね、この桜野町を好いていてくださって、それはありがたい、嬉しいことなんだけどね。感謝していますよ、ええ。たぶん、町の者みんながね。この店を継いで、本屋さんをこの地に残してくださって、ありがとう。――だけどね、ここは少しばかり不思議な土地で、神様や精霊（せいれい）の住まうところにとても近い。その代わり、世の理（ことわり）からいくらか外れた、恐ろしい土地でもあるの。

店長さんも、これまでに不思議なこともいろいろあったでしょう。桜野町は、魔法や魔物がいまも息づく、そんな土地であることを忘れずにいてね。小さな子どもや心のきれいなひとは、気をつけて守ってあげないといけないの」

そのとき、透が魔法瓶やおむすびを持って、母屋から帰ってきた。来客に気付くと、小さな子どものような表情で笑う。

「拝み屋のおばあちゃん、こんにちは。おむすび、食べていきませんか?」

「あらあら、いいの？」

「はい。ゆかりとツナと、梅干しがあるけど、どれがいいですか？」

「わあ、迷っちゃうねえ」

　拝み屋のおばあさんも笑顔で答える。その笑顔はどこにでもいそうな田舎のおばあさん。ただ明るく優しいばかりで、つい今し方まで漂（ただよ）っていたどこかしら妖（あや）しげな、謎めいた雰囲気（ふんいき）は欠片（かけら）も感じられなかった。


　卯佐美苑絵は、麓の街から駅に呼んでおいたタクシーに乗り、桜野町の観光ホテルへ移動した。いつものようにここに荷物を置いてから、桜風堂へ向かう予定だった。

　木造のクラシックホテルは今日も美しく、苑絵を迎えてくれた。

　正面玄関には、ホテルのひと――若いベルボーイがもう待っていて、

「お帰りなさいませ、卯佐美のお嬢様」

　笑顔で頭を下げ、荷物を受け取ってくれる。

　このホテルは、元々、苑絵の母が先に泊まったホテルであり、ふたりともが常連である。なので、苑絵の母は、「卯佐美の奥様」、苑絵は「お嬢様」と呼ばれるのだった。

　桜野町を訪れるたびにこのホテルに泊まるので、いまは苑絵もすっかり、ここが第二の家のような場所になっていた。

正面玄関のフロアに足を踏み入れると、ああ帰ってきた、と思ってしまう。旅の疲れも、すべて忘れてしまう。

明治時代からここに建っている、歴史ある建物は静かで、広々としている。見上げると高い天井には、シャンデリアが輝いている。チクタクと音が響くのは、このフロアの奥、エレベーターホールのそばに飾ってある、見上げるほど大きな柱時計の音。ガラスの扉の中で、金色の振り子が光って見える。それは見事な時計で、このホテルの開業のその日からここに立っているのだとか。物語の中に出てくるような時計だわ、と、見るたびに苑絵は思う。

——たとえば、『トムは真夜中の庭で』に出てくる、十三回の時を打つ時計って、あんな時計だったのではないかしら。

子どもの時から好きで、何度も読み返したイギリスの児童文学のことを思い出す。そうだ、あの時計を見るたびに連想してしまうのだ。物語の時間を操るように、思うままに時を告げるあの時計のことを。

弟がはしかにかかって、自分ひとり親戚の住むアパートに行くことになった、元気で冒険好きな少年トムが、夜ごと時を超えて、過去の世界へ赴き、ビクトリア朝の時代に生きるひとりの孤独な少女と出会い、友達になる。——そんな物語で、苑絵はふたりが遊ぶ庭の描写や、草花の描写、少女ハティの着るエプロンの描写が好きだった。まるで絵のように、映画のように描写してあって、自分もその庭に立っているような気持ちになるからだった。

それと、魔法のようなその時間の中で、友達になり、別れ、再会するふたりの物語が、なんだかとても素敵に思えて、ラストシーンは自分もその場で、ふたりをぎゅっと抱きしめたくなったりするのだった。

大きなホテルの玄関には、季節ごとに見事な花が飾られるものだけれど、いまは秋の野山の草花や木々の枝とともに、恐ろしげな顔がくりぬかれた、大小の黄色いかぼちゃや、魔女や黒猫の人形が飾られていた。ハロウィンの時期でもある、ということなのだろう。

まるで、魔女や黒猫が野山を――この桜野町を訪れ、佇んでいるような、そんな楽しげで少し妖しげな空間が繰り広げられていた。

「可愛い」と、苑絵は声を上げた。「わたしね、魔女って好きなんです。子どもの頃、魔女になりたかったこともあるの」

フロントのカウンターに向かってホールを歩きながら、苑絵は弾む気持ちのまま、傍らを進むベルボーイに語りかける。

いつも週末は――特に最近は、旅行者たちの気配と賑わいがあるホテルだけれど、今日この時間はホテルのひとびとの姿以外は見えない。静かにBGMだけが流れていた。

「そうですか」と、ベルボーイは笑みを浮かべる。「というとやはり、魔法のほうきにのって空を飛びたかったとか、そんな感じでしょうか？　わたしにもそのお気持ちは、わかるような気もいたします」

「それもあるけど――」

静かに、苑絵は首を横に振る。少しだけ、子どもの頃のさみしかった気持ちを思いだして、心がちくりと痛んだ。「人間の世界で生きるのは辛いことが多いから、魔女になってどこかの森の奥で、ひとりで静かに本を読んで暮らしていければ良いな、って思っている子どもだったの」

人間の女の子じゃなくて、魔女の子ならば、ひとりで生きていても誰にも何もいわれない、なんて思っていた時期があった。魔女の女の子なら、友達がいなくてもいい。人間の女の子だと、そうはいかないから。

子どもの頃、見たものをカメラで撮ったように記憶してしまう、写真みたいにリアルな絵を描く、魔女みたいだと虐められていた頃のことだ。

その後、転校生としてやって来た渚砂との出会いがあり、彼女という無二の親友が出来てくれたから、人間の女の子として友達と話し、遊ぶことの――生きることの楽しさを知った。魔女になりたい、ひとりで生きたい、なんて、願わなくなったのだけれど。

「なるほど。お嬢様は、静けさと本がお好きなお子様でいらしたのですね」

ふふ、と苑絵は笑った。

「そうね。ある意味、ちょっと若さがないっていうか、おばあさんみたいな子どもだったかも」

苑絵はアンバランスに心の成長が早い子どもでもあり、その頃には本を通して、世界や人間の恐ろしいところをいくらも知っていたので、よけいに人間社会というものに恐怖を感じ、背を向けたいと思っていたのかも知れない、といまは思う。

（いまは——いまも、人間は怖いけれど、優しいひともいるって知ってるから）

苑絵のそばには、良いひとたちがたくさんいる。そしてたぶん、苑絵自身も強くなった。

世界が怖いところなら、暗くてひどいところなら、ささやかでも灯を灯そうと願うことが出来るおとなになった。

（この手で光を灯せばいいんだ。たとえ、小さくても）

そんな風に生きるひとびとのそのそばで、苑絵も自分の灯を灯す。

ひとりひとりの手の中の光は小さくとも、みんなで灯りを灯せば、きっと世界はいつか、光り輝くだろう。

フロントでチェックインの手続きをして、部屋の鍵を、ベルボーイが受け取る。エレベーターホールに向けて歩き始めたとき、苑絵は、ホールの入り口に飾ってある小さな肖像画に目を留めた。その辺りに何枚も飾ってある大小さまざまな絵の中の、その一枚だ。

年の頃は、十代半ばくらいだろうか。金髪の寂しげな少女の、パステルで描かれた肖像画がある。ひどくやつれて、頬がこけ、青い瞳は落ちくぼんでいる。そうして、こちらを悲しそうな目でじっと見つめているのだ。とても孤独で、視線が合いながらも、こちらに何も求めていない、と無気力に諦めて拒絶するような、けれど、どうか助けてほしい、とすがるような、そんなまなざしで。

「――あの、この絵は」

苑絵は絵を描く娘だから、いつもその絵のことが気になっていた。誰がいつ描いた絵で、なぜここにあるのかと。

けれど、その絵の前を通り過ぎるときは、すぐにエレベーターに乗ってしまうことが多い。ホテルに滞在中は、桜風堂や商店街で忙しい時間を過ごすことが多いので、この場所でのんびり絵を鑑賞する時間はとれない。ホテルに戻ってくる頃は疲れていてすぐ眠ってしまうし、翌日はぎりぎりまで部屋で眠っていて、チェックアウトして帰ってしまう。旅先での時間は、いつもいつだって、砂時計の砂が落ちるように、急ぎ足でさらさらと過ぎ去ってしまう。

気がつくと、今日まで、この絵のことを誰かに訊ねる機会が、なかったのだった。

「ああ、こちらの絵は、画家のローズ・M様の自画像です。当館に長く滞在されていたことがおありになって、そのとき記念にと残されていった、とうかがっております」

「え」

苑絵は、言葉を呑み、絵の前にしばし佇んだ。――この悲しげな肖像画は、あの絵本画家の描いたものだったのか。

苑絵には、子どもの頃に大切にしていた一冊の絵本があった。大好きな絵本だったけれど、なくしてしまったので、記憶を掘り起こすようにして、最近になってやっと、その絵本の著者の名前を見つけ出したところだった。

太平洋戦争末期の頃、少女だったドイツ人で、祖母が日本人。その縁あって日本で暮らしていた時期があるという。長い戦争が終わり、平和が訪れて、いくらかした頃に、日本を訪れしばし暮らした。その後日本を離れ、アメリカに渡ったという。

叶うなら、もう一度あの絵本を探して、手元に置きたい、それが無理なら、同じ著者の他の作品を、と願って探し当てた情報だったけれど、その絵本画家はたくさんの絵を残しつつ、ずいぶん昔に行方知れずになっていて、著作はあのなくした絵本ただ一冊とわかったのだった。

「あの方が、ここで暮らしていらした時期があるのね」

「はい。戦争が終わった後、おからだを悪くされていたので、当館で養生なさっていた、と聞いております。いくらかお元気になった後、遠い親戚がおいでのアメリカに渡られたとか」

ベルボーイはあまり詳しくは語らない。

かつての宿泊客のことを、どこまで苑絵に話すべきなのか、思案しているのだろう。わずかな迷いが伝わってくる。

苑絵は知っている。その画家は少女期、ユダヤ人の血を引いているということで、アウシュビッツ強制収容所に送られたのだ。家族とともにその地へ行き、彼女だけが生き延びた。その後、血縁者のいる日本に引き取られ、いくつかの町で暮らし、しばしからだと心を休めた後、他の血縁を頼って、アメリカに渡ったのだ。

あの自画像を描いたのは日本にいた時期で、アメリカに渡ったのちは、生きる気力をなくして、ひとりぼっちのアパートの一室で、荒れた生活を送っていたのだとか。

　絶版になった彼女の伝記によると、強制収容所で亡くした家族への想いと、その場所で見たさまざまなことが、彼女の魂をさいなみ続け、彼女はその痛みと苦しさから逃れられず、世界と人間を恐れながら、死の世界に憧れ自暴自棄になっていたようだという。行方知れずになったあとはおそらくは自死したのだろうと。

　彼女にはもはやそこしか、心安らげる場所はなかったのだ。

　苑絵は胸元で手を握りしめ、自画像を見つめた。

　孤独な画家の、その魂の欠片がここにあり、苑絵を時の彼方から見つめているようだった。

　柱時計が、静かに、どこか鎮魂の歌をうたうように、時を告げる鐘を鳴らした。


　午後に商店街を訪れた苑絵は、桜風堂書店に到着するなり、銀河堂書店のエプロンをかけ、休む間もなく、店でくるくると働いた。

　そうしたかったし、そうでなくてはいけないほどに、店内にお客様がわいわいと詰めかけていたのだった。苑絵が店の戸を開けたとき、レジにいた藤森も、奥のカフェスペースのカウンターにいた一整も、ほっとしたような表情になったのを見逃さなかった。

　その店で時間を過ごす機会も、その長さも、これだけ回数を重ね、過ごす時間が増えてくると、最初はお客様扱いだった店のひとびとも、スタッフの一員として見てくれているような気がして、くすぐったくも嬉しかった。

苑絵はどうにも自分に自信がなくて、ひとの輪の中に入ることが得意ではなくて、でもそんな苑絵でも、ここでは必要とされていた。桜野町も桜風堂書店も、いらっしゃい、待っていたよ、と、迎え入れてくれるようだった。忙しすぎることもあって、ここではうつむいている余裕はなかった。顔を上げて働けて、楽に呼吸が出来るような気がするのだった。

半日店を手伝った。レジでいろんなお客様を迎えて、本を売り、本の話をし、何冊もお買い上げいただいた。二階の児童書の棚を見て、絵本や子ども向けの読み物の発注をした。心を痛めつつ、返品する本を選び、棚から抜いた。連れ合いが児童書の版元の編集長である藤森には、新しめの子どもの本に関する知識がいくらかあり、相談に乗ってくれた。

店長である一整も、子どもの本には詳しいけれど、その多くは昔の本――古(いにしえ)から読み継がれているロングセラーの児童書に関する知識がほとんどで、いまどきの旬(しゅん)の子どもたちに人気の本には詳しいとはいえず、同じ二階に棚がある、コミック担当の来未にいたっては、児童書も担当しているが、読み物に苦手(にがて)意識があるようで、みなに感謝された。

感謝といえば、手が空(あ)いたときにＰＯＰやハロウィンの飾りに使えそうな絵を、さらさらと何枚か描くと、驚くほど喜ばれた。

特に来未は、苑絵の手元に顔を近づけ、息を止めて凝視(ぎょうし)するようにして、描き上がると、ため息をついた。

「すごいです、さすが、『神』」

来未はなぜだか、苑絵の絵が好きで、とことん尊敬してくれているそうで、どんなラフな絵でも感動してくれる。最初はどぎまぎして対応に困ったけれど、自分と同じでひとづきあいに無器用であるらしい来未が、ぎこちなく向けてくる尊敬のまなざしが、きらきらしていて、なんだか可愛くて――いつか、自分の妹のような気がしてきていた。ひとりっ子の苑絵には、妹や弟という存在は、物語の登場人物というか、憧れの存在だったので、ちょっと嬉しかった。


夜になって閉店した後は、スタッフのみんなで中庭でバーベキューをすることになって、とても楽しかった。桜野町は、規模は小さくとも、品質の高い物を安定して産出できる、農業と畜産の町でもあり、野菜も肉もみんな美味しかった。

誰がいうともなく、今度、山に釣りに行こうという話が決まっていて、渓流釣りなんて言葉は知っていてもしたことがない苑絵は、どきどきしながら、釣りの雑誌や本を読んで勉強しなくては、と、心に決めたのだった。

藤森と来未、透の三人が、それに元の桜風堂書店の店主が、この山の渓流ではどれほど美味しい魚が釣れるのか、どんな風に釣るのか、なんて話を聞かせてくれた。

透が、上手にとうもろこしを焼きながら、

「どうせなら、山の上でキャンプするのも良いかもですね。釣った魚をそのまま料理するの、美味しいですし」

　藤森が、肉の焼け具合を観察しつつ、

「山の空気の中で飲む、淹れたてのコーヒーなんて、最高だしね。俺もキャンプに一票だ。寝る前の憩(いこ)いのひとときにまた一杯。夜明けとともにまた一杯。ギターも持って行って、その都度素敵なBGMを奏(かな)でようじゃないか」

　来未がうんうんとうなずいて、苑絵に笑みを向ける。

「山の上の方は、空が広くて、とても綺麗(きれい)なんです。時間ごとに見る見る色が変わるんです。グラデーションがめっちゃ素敵で、スケッチするの、おすすめです」

「そうですね。卯佐美さんの時間が合えば、キャンプも良いですね」

ビール（最近町に出来た工房製のクラフトビールなのだそうだ。美味しかった。渚砂に買って帰ろうと思った）のせいなのか、少し饒舌(じょうぜつ)になった一整が、楽しそうにいった。

「山の上は、この町の辺りよりもっと空気が澄んでいて、流れ星が嘘みたいに次々に流れるのが見えるんです。その日までに、願い事をたくさん用意しておくといいかも知れませんね」

　苑絵はうなずいた。

「たくさん考えておきます」

　そういいながら、星が降る空の下、このひとや楽しい仲間たちと一緒に時間を過ごせるのなら、自分はその時きっとたいそう幸せで、もうなにも願い事はないと思っているだろうな、とも思うのだった。

秋の虫が静かに歌をうたっていた。その音色と、近くを流れる川のせせらぎの音を聞きながら、食後に美味しいお茶やコーヒーを飲んだ。透の祖父が語る、この町や店のさまざまな思い出話を聞いたりもした。そしてみんなでバーベキューの後片付けをして――。

気がつくと、もう夜も九時を過ぎようとしていた。

名残惜しいけれど、さすがにそろそろお開きにしないと、明日の営業に差し支える。明日は日曜日だし、今日よりももっと、お客様が増えるだろう。苑絵はホテルをチェックアウトした後、午後の早いうちまで店を手伝い、そのあと帰る予定だった。

ここから風早まで、直線距離だとそこまで遠くはないはずなのに、遠回りする上、電車を乗り換えていかなくてはいけないから、風早に着くのは夜になる。なかなかに遠い旅だけれど（特に帰途は距離を感じる）、これでもどういう奇跡なのか、電車の本数が一本増えて、行き来がずいぶん楽になったのだと一整に聞いたことがある。

（わたしだけ、明日、風早の街の家に帰るんだなあ）

苑絵の胸は寂しさにちくりと痛んだ。

故郷の街は大好きだし、家も、両親のことも大好きだけれど――ここを離れて帰るのは、心のどこかが、引きちぎられるような痛みがあった。

ずっと聞こえている秋の虫の声や、吹きすぎる夜風の冷たさが、余計に物寂しい気持ちを誘うような気がした。

（これきりのさよならじゃない。またすぐにここに帰って来られるし、そうすればいいだけのことなんだけど……）

自分がいない間の、店のことが心配だし——いや、そんな優等生みたいな心配も嘘ではないけれど、ただ子どものように寂しかった。この店のスタッフの中で、自分ひとり遠くに帰らなくてはいけないということが。自分がいない間も、ここにいるひとたちの生活は続き、自分が知り得ない、いろんな出来事が起きるのだということが。

（当たり前のことなんだけど——）

妙に寂しかった。

うつむいている苑絵に、一整が声をかけた。

「ホテルまで、送っていきます」

その声のあたたかさが、まるで、柔らかな毛布か羽布団をふわりとかけられたようで、苑絵は、ただ、「ありがとうございます」と、小さな声で答えた。

透が、「あ、ぼくも——」といいかけて、藤森から、こつんと頭を叩かれていた。

「邪魔するんじゃない」

「てへ」

そんなやりとりを視界の端に見ながら、苑絵は、おやすみなさいの挨拶をした。少し先に立って歩く一整に連れられて、秋の夜道を、小高い丘の上に建つ観光ホテルに向けて、歩き始めたのだった。


古いホテルは、窓に光を灯し、まるで小さな城のように、丘の上にそびえたっていた。

その光の城に向けて、苑絵は一整と一緒に、ゆっくりと歩いて行った。

商店街の店々は、もう閉店の時間を過ぎているけれど、街灯はまだ灯りを灯していて、秋の夜は柔らかい明かりに照らされていた。

さっきまでにぎやかな声や、笑い声の中にいたのに、夜の闇の中に歩き出すと、山間の町の夜の、草木や土、水の匂いに飲み込まれそうで、圧倒される。

それでもすぐそばに一整がいて、一緒に夜の中を歩いてくれるので、何も怖くなかった。

(ずっとそばにいてくれたんだなあ)

同じ店で働いていたとき、店内の近くにいつも優しい気配があった。苑絵がうっかり店内でつまずいたりすると、差し出される手があった。あの頃は、いまのような柔らかい笑顔は見せてくれず、冗談も聞かせてくれなかったけれど、苑絵が迷わないように、転ばないように、まるで――まるで王子さまや騎士のように、見守っていてくれたのだった。書店のエプロンをかけた騎士だ。ずいぶん汚れてくたびれて、ポケットにはたくさんのボールペンやカッターを差した、そんなエプロン姿の騎士だった。

（絵本の王子さまに、似てたんだ）

昔になくしたあの大好きな絵本の、月の裏側の世界の、優しい魔物の王子さま。ひとりぼっちで友達が欲しかった、優しい王子さまに、記憶の中にあるその絵に、一整はどこか似ていた。

（たぶん、似ているのは絵だけじゃなくて――）

こうして、一整のひととなりや、これまでの生いたちを知ってみると、その魂もどこか、あの王子さまに似ているような気がするのだった。だからこそ、一整が気になり、惹かれるようになったのかもしれない、と思う。

あの懐かしい絵本の王子さまは、幼い日の苑絵の初恋の相手だったのだから。何度も読み返して、幸せにしてあげたいと思った、自分なら友達になってあげるのに、と思った、そんなさみしい、ひとりぼっちの王子さまだったのだから。


ホテルの正面玄関の前についたとき、一整は、「じゃあここで」と、足を止めた。

ハロウィン風の、魔女や黒猫が踊るリースが飾られた玄関の扉の前には、古風できちんとした服装のドアマンがいて、苑絵に、「お帰りなさいませ」と笑みを浮かべて、頭を下げる。

一整は、そして苑絵も、互いに何か相手に話しかけたいような気持ちのまま、言葉が思いつかなかった。

やがて一整は、

「じゃあ、また、明日。おやすみなさい」

といって、道を戻っていこうとした。

「おやすみなさい」

その背中に、苑絵が声をかけたとき、ふいに一整は大切なことを思いだした。

急ぎ足で引き返して、ポケットから出した小さな封筒を、苑絵に渡した。

「拝み屋のおばあさんから、卯佐美さんにと言付かっていて。お守りだそうです」

「まあ、ありがとうございます。嬉しい」

苑絵は大切そうに、封筒を受け取った。

一整は、拝み屋のおばあさんからいわれたことを苑絵に話すべきかどうか、数瞬の間、迷った。けれど、思案の末、結局は何もいわずに、ただ、じゃあ、と、手を振って、今度こそ道を引き返した。

(卯佐美さんは怖がりだから)

なぜお守りを託されたのか、そんな話をいましたら、怯えるのではと思ったのだ。

そもそも、秋のハロウィンの時期だ。そこにもってきて、霊能者——拝み屋のおばあさんが、守護のお守りを渡そうとした、なんて、まるで怪奇小説の導入部のようだと思う。王道の構成だ。キング辺りの小説にありそうだ。

（いまは夜だし、泊まるのはこんな山の中のクラシックホテルで、周りで秋の虫は鳴いてるし、夜風は吹くし）

苑絵の青ざめた表情が目に浮かぶようで、こんなことなら、明るいうちに渡しておけば良かった、と一整はため息をつきながら、ひとりで夜道を歩いた。

（今日はとにかくお客様がたくさんで、どうにも忙しくて、卯佐美さんとゆっくり話す機会がなかったものなあ）

閉店後、バーベキューをしているときに、何回か、いまこのタイミングで渡そうか、と思ったことがあったのだけれど、みんなでわいわい盛り上がっていたこともあり、苑絵に声をかけるチャンスを逃してしまった。

山間の町の夜は暗い。頭上には美しい星空が広がり、町の街灯や、ぽつぽつと灯る民家の灯りは、一整の目には美しく愛（いと）おしく思えるけれど、それは苑絵が慣れ親しんだ、都会の華やかな夜景とはまるで違う。ずいぶん寂しく、真っ暗に見えるだろう。

おまけに、たとえば――。夜の山で鳴く獣（けもの）たちの声や、思わぬ時間にさえずる野鳥たちの声は、不気味（ぶきみ）だろうとも思うのだ。

そして、たとえば、星空に黒く浮かび上がる、妙音岳（みょうおんだけ）の影――まるで墨で塗りつぶしたような、漆黒（しっこく）の巨大な影には、一整でも時々、畏怖の念を感じる。あの漆黒の闇の中に、町のひとたちが話す、山神（やまがみ）や精霊たちがいるのかもしれないとつい思ってしまうから、怖くなるのだろうけれど。あの大きな山の影が、観光ホテルの窓からは、真正面に見えるだろう。慣れないと驚いて、ぞっとするのではなかろうか。

（まあ、俺だったら、これからひとりで寝るってタイミングで、旅行先のホテルで怖い話なんか聞きたくないと思うし）

ひとり旅で眠るホテルの部屋は、ただでさえ心細いものだ。自分なら、眠れなくなるかもしれない、と思う。ましてや、繊細な苑絵のことだ。恐怖のあまり一睡も出来なくなるのでは、と思うと、とても話せなかった。

（拝み屋のおばあさん、ごめんなさい）

一晩だけ、猶予が欲しいと思った。

明日、明るくなってから、桜風堂のみんながいるところで、苑絵にお守りの話をしようと心に決めた。拝み屋のおばあさんの言葉を聞いて、さすがに多少は驚きつつも、おばあさんの気持ちを喜び、感謝して微笑む苑絵の姿が見えるような気がした。

苑絵がフロントに行き、預けていた部屋の鍵を渡してもらうと、ベルボーイが「お帰りなさいませ」と颯爽と姿を現し、苑絵から鍵を受け取った。苑絵の手荷物も預かろうとしてくれるので、苑絵はお礼をいって、彼の手にトートバッグを渡した。

一整から受け取ったお守りの入った封筒をバッグに入れ損ねたので――いや正確にいうと、バッグにはまだしまいたくなかったので――大事に手に持ったまま、エレベーターホールに向かった。

あの絵本画家ローズ・Mの、少女の頃の自画像が、今夜も壁に掛かっていて、額の中から苑絵を見つめてきた。

（ローズさん……）

エレベーターを待ちながら、苑絵は肖像画を見つめる。

幼い日の苑絵が愛した、美しい絵本を日本を去ったのちに描いた、素晴らしい画才に恵まれた少女。その魂の欠片がそこにいるようだった。

このホテルに滞在していたという、十代の少女の頃の、その時間を切り取って額に入れ、そこに飾ったように。

（わたしは、何で、ローズさんに、何もしてあげられないんだろう？）

考えても仕方がないだろうことを、つい、考えてしまう。――だって、その子のまなざしが、いまもこの空間にあるからだ。無限の哀（かな）しみと痛みと寂しさをたたえて、苑絵を見つめてくるからだ。

実際には、この少女がここにいたのは、もう七十年以上も昔の話。おそらくはこんなに悲しい瞳のままで日本を離れアメリカに行き、ひとりぼっちで暮らして、荒れた生活の中で、美しい絵と絵本を残し、その後、行方知れずになってしまうのだ。

苑絵が、少女の自画像を見つめているその様子に、思うところがあったのか、ベルボーイが、

「卯佐美のお嬢様は、ほんとうにその絵がお好きなようですね」

優しい声でいった。

苑絵は小さくうなずき、

「ええ、絵もとても好きだけれど——この子がいまここにいたら、お話が出来たかな、友達になれたかな、って、つい思ってしまって」

そうだ。同じ時代にいることが出来れば良かったのに、と苑絵は思っていた。『トムは真夜中の庭で』で、トムとハティが時を超えて出会ったように。

(そんなこと、現実には出来っこないって、わかってはいるんだけど)

もしそれが可能なら、強制収容所でたくさんの無残な死を見てきたその少女と出会って、友達になれたら良かったのに、と苑絵は思った。

苑絵は本や映画、テレビの映像くらいでしか、その場所のことを知らない。子どもの頃に、『アンネの日記』や『私のアンネ＝フランク』、少女期に、『夜と霧』と出会い、図書館で当時のことについて書かれた本を探し、読んだくらいのことだ。

きっと苑絵の知識や想像力などでは追いつけないほどに、そこは恐ろしい場所であり、ローズは家族を亡くし、ひどい経験をしてきた。平和な時代に、のんびり生きてきた苑絵ごときに、彼女を慰(なぐさ)める言葉は思いつかず、出会えたとしても、何もいえないかもしれない。

けれどそれでも――この悲しい目をした少女の傍らに、束の間でもいることが出来ればよかったのに、と思った。そばにいて、見つめてあげて、抱き寄せ抱きしめてあげることが出来ればよかったのに、と、思っていた。

のちに彼女が描いた絵本を、どれほど苑絵が好きだったか、ページの端から端まで、脳に焼き付けるほどに、すべての絵を記憶したか――そんな話を、せめてしたかったかも知れない。

もともと見たものを覚えることに関しては天才的に記憶力が良い苑絵が、それ故に子ども社会から疎外され、ひとりぼっちだった苑絵が、意識して、自分の記憶力を駆使して覚えた、世界でたった一冊の絵本だったのだ。そんな話を――お礼をいいたかった。

ひとりぼっちの寂しい子どもだった自分が、あの絵本、優しい魔物の王子さまの物語に、どれだけ慰められたか、話したかった。月の裏側にある、魔物の王国の王子さまが、友達を探して地球に降りてくる物語――あの物語そのものが、あの頃の苑絵の友達だったのだ、と。

そしてある意味、あの絵本は苑絵の導き手だったのかも知れない。あの絵本との出会いがあったからこそ、苑絵は絵本や本を深く愛し、さらに愛着を持って読むようになり、長じてのち、書店員になったのだから。

絶版になった彼女の伝記によると、ローズ・Mと名乗った彼女の口癖は、「わたしの生には何の意味もなかった。ただのゴミと同じ。不幸で苦しいことばかりだった」という、悲しいものだったという。

そんなことはない、ここにあなたの絵本に救われた者がいますよ、と伝えたかった。

あなたの描いた絵本は、時を経て、わたしの大切な友達、心の友になったんですよ、と。

そして、迷いながら、おずおずと付け加えたい言葉がある。紙の本としては、いまはもう傍らにないけれど、苑絵の記憶の中にずっとあり、苑絵の命が地上にある限り、苑絵とともにこの世界に存在し続ける絵本になったのですよ、と。

絵にそっと語りかけたくなった。せめて、この一枚の美しい自画像に想いを伝えたい。

すぐそばにいるように思えても、実際には、彼女と苑絵の間には、七十年以上もの年月で出来た、分厚い、目に見えない壁があるのだけれど。

苑絵は絵のそばから離れがたく、ベルボーイとともにエレベーターに乗り込んだ後も、ずっと絵のあった方をみていた。

「――そうですね、時を超えてお会いすることは難しいかも知れませんが……」

静かな声で、ベルボーイがいった。

小さなこのホテルの最上階、三階にエレベーターが止まり、そこから苑絵の泊まっている、廊(ろう)下(か)のいちばん奥の部屋へと、苑絵とともに歩きながら、こういった。

「卯佐見様のお泊まりになっているお部屋の、向かいが、その昔、ローズ様の滞在なさっていたお部屋だそうでございます。卯佐見様のお部屋とは、カーテンやベッドカバーの色も同じ、家具の配置などが、鏡に映したように逆になっている、双子(ふたご)のようなお部屋です。――ですので、どんな風にあの方がお部屋で時を過ごされていたのか、ご想像がしやすいのでは、と存じます」

そうか、と苑絵は思った。――現実には会えなくとも、想像の中では、彼女に会えるのかも知れなかった。

部屋の前につき、ベルボーイが扉の鍵を開けてくれているとき、苑絵は背後にある、向かい側の、その部屋の扉を見た。

廊下の一番奥に向かい合うふたつの部屋の、木の扉の向こうに、今夜は宿泊するひとはいないのだという。実際、扉の向こうには、空っぽで静かな気配だけがあるように思えた。

苑絵とベルボーイはおやすみなさいの挨拶を交わし、ベルボーイはきちんとお辞儀をして、扉の向こうに姿を消した。

静かに扉が閉まった後、苑絵は、閉じた扉の向こう側にある、もう一枚の扉のその向こうの部屋へと、思いを馳せた。

苑絵の泊まるこの部屋と同じ、小花柄の美しい壁紙と、深い色の重たいカーテンの部屋。美しい家具調度品が揃えられた、どこかお城のお姫様の部屋めいた、可愛らしい部屋で、少女の頃のそのひとは暮らしていたのだ。そんな部屋に閉じこもり、からだと心の傷を癒やしながら、ひとり絵を描いていたのだ。

部屋に備え付けの電気ポットに水を注ぎ、電源を入れた。あたたかな飲み物が欲しいと思った。備え付けのティーバッグの紅茶でも淹れようか。

「ダージリンと、アールグレイがあったかな」

蜂蜜紅茶もあったかもしれない。

お茶を飲みながら、お風呂に湯を張って、湯船に浸かってから、眠ろうと思った。明日に備えて、眠らなくては。

明日は日曜日。桜風堂書店には、きっとお客様がたくさんいらっしゃるし、そのあとは、風早の街まで、ひとりで陸路を帰らなくてはいけない。

(——あ、お守り)

手の中の封筒を大切に開けて、小さなお守りをとりだした。白い和紙が鳥のような形に折ってあって、その胸元の辺りに、朱色で、何かの文字が、呪文を綴るように、縦にさらさらと書き記してある。

(なんて書いてあるのかしら?)

唐草模様のような、美しい文字だけれど、かなり崩してあるせいか、苑絵にはまるで読むことが出来なかった。

でも見ていると、不思議と心が安らいだ。

(何のお守りなのかなあ?)

この町に来るために長旅を繰り返す苑絵のためのお守りだ。交通安全だろうか。それとも、健康のお守り？

可愛らしい、小さなおばあさんの、そのどこかいたずらっぽい笑顔が目に浮かぶ。皺に埋もれるような、黒くつぶらな瞳も。

冗談と駄洒落が得意で、町のほかのひとたちと仲良しで、みんなの人気者、ひとの輪の中で笑っていることが多いから、拝み屋を仕事にしている、と聞いたとき、そのひととその職業が、どうにも結びつかなかった。

怖がりの苑絵には、それは、どこか、物語の中の登場人物めいて思えるというか、少しだけ怖い職業のような気がしたから。

でも、おばあさんは、皺の深い口元に、優しい笑みを浮かべていったのだ。

「怖くないよ。みんなが幸せでありますようにって、神様にお祈りするお仕事だからさ」

ではこれは、何のお守りにしても、幸せのお守りなのだろう、と苑絵は思い、微笑んだ。

のんびりとお風呂に入り、疲れたからだを温め、部屋に備え付けの浴衣に着替えて、苑絵は良い気持ちで、部屋でくつろいだ。

冷蔵庫を開けて、炭酸水をグラスに注ぐ。

グラスの中で、銀色に踊る泡を見ているうちに、軽くため息が出た。

（寝たら、今日が終わっちゃうんだなあ）

桜風堂書店で思い切り働けて、お客様やお店のひとたちとたくさん話せて、笑えて。そのあとのバーベキューも楽しくて、とても嬉しかったから、眠ってしまうのが惜しかった。

目が覚めたら、もう帰る日だ。

窓のカーテンを閉める前に、漆黒に染まった夜景を見た。黒曜石のような夜空に、星が灯っている。眼下に黒々と一面の海のように広がるのは、晩秋の草原だ。かすかに揺らめいて見えるのは、草が風に吹かれているのだろう。窓は山の方を向いているので、人里の灯りは見えず、その分、夜の美しさが際立つように思えた。

そびえ立つ山の名は、風早の街からも見える、妙音岳だ。夜空を切り取るように、圧倒的な黒さでそこにある。

ああ、闇の色だ、と思った。

果てしなく塗りつぶしたような光のない黒なので、奥底が深く見える。天文の写真集で見た、ブラックホールのようだ。

その闇の色の暗さと、見上げるような大きさに、畏怖は感じるけれど、逃げ出したいような、生物的な怖さは感じない。その闇色の中に、かすかな息吹のようなものを感じるからかもしれない、と苑絵は思った。ガラス越しでも伝わってくる、山の生きものたちの——あるいは精霊や神様やそんな者たちの——かすかな吐息や、闇の中で身じろぎする気配を感じるように思うからかも知れない。

苑絵は闇を恐れない。あの闇の中に溶け込めば静かに眠れるような気さえする。野の獣たちとともに、草原で眠り、闇に紛れて走ることも出来そうな気がする。

あの闇が懐かしかった。

「わたしは魔女だから――」

ささやくとガラス窓が白くけぶった。

そこに映る自分の顔に微笑みかけて、苑絵はカーテンを静かに閉めた。

(もう寝ないとね)

苑絵は魔女だけれど、ひとの中で暮らすと決めた魔女だから、闇に帰ることを願ってはいけないのだ。友達も好きなひとも人間で、働く場所は人里なのだから。光の中で笑って暮らす幸せを知っているから、だから。

闇に背を向けて眠ろうと思う。


灯りを消して、ベッドに入って、それからどれほど時間が経ったろうか――。

ふいに目が覚めた。

見えない手でそっと揺り起こされたような、そんな風に、瞬時(しゅんじ)に目が開いた。

枕元の時計を見ると、まだ四時になったばかり。夜明け前だ。部屋の中はいまだ夜の闇が静かにわだかまり、辺りはしんとしている。

（早く目が覚め過ぎちゃったなあ）

眠らないと、からだが持たないような気がしたけれど、なぜだか目がさえてしまって、目をつぶっても眠れない。

（ああもう、起きちゃおうかな）

本でも読んでいれば、じきに夜が明けるだろう。夜明けを見るのは素敵なことだ。この部屋の窓から見る夜明けの空は、どれほど壮大で美しいだろうと考えると、胸が躍った。夜明けを見てからホテルの大浴場に行くのもいいかも知れない。そしてゆっくりルームサービスの朝食をとって、なんて考えると、今日、ひとりでこの地を離れることの寂しさを、束の間忘れられるような気がした。

そのとき、誰かの泣き声が聞こえた。

風が吹きすぎるような、静かな、か細い声だったので、苑絵がそうと気付くまで、ずっと泣き続けていたのかも知れなかった。

（どこからだろう――？）

枕元の灯りをつけ、身を起こして、声が聞こえる方を探した。

たぶんホテルの外ではない。建物の中の、どこか近いところで、誰かが泣いている。

か細い、悲しそうな声だ。抑えようとしても吐息のように漏れてしまう、というような、すすり泣く声。果てしなく、悲しそうな声。

子どもの泣き声だと思った。

浴衣の上に半纏を羽織って、苑絵は床に降りた。スリッパに足を通す。

泣いている子どもがいるのなら、捜してあげないといけない。

立ち上がり、歩き出そうとした、そのときだった。

誰かにそっと袖を引かれたような気がして、苑絵は振り返った。

かさり、と何かが床に落ちる音がした。

拝み屋のおばあさんからのプレゼントの、あのお守りが床に落ちていた。

昨夜、ベッドサイドのテーブルに置いて眠ったのだけれど、それが袖に引っかかって落ちたらしい。

大切に拾い上げ、浴衣の胸元にはさんで、苑絵は部屋を出ようとした。


部屋の扉を開ける前に、すぐに泣き声がどこから響くのかわかった。

向かいの部屋からだ。

そこで、誰か子どもが泣いている。

どきりとしたのは、その部屋が、画家のローズ・Mが、もう七十年以上も昔の、戦後すぐの時期に、長く滞在していた部屋だと聞かされたことが頭をよぎったからだった。

そんなことはあり得ないとわかってはいても、束の間、遠い過去の、少女時代の彼女がその部屋にいた時間と、いまがつながったような、そんな目眩を感じたからだった。

（――本の読みすぎって笑われちゃうな）

ゆるく首を振った。

物語の中では、そんな風に、主人公が時を超えるなんて出来事がいくらでも起こりうるけれど――過去へ未来へと時を超えて、出会えないはずだった誰かと出会ったりも出来るけれど――そうだ、『トムは真夜中の庭で』のトムとハティのように――現実の世界では、そんな不思議は起こりえないのだと、苑絵は知っている。

ということは、あの悲しげな泣き声は、のちに画家になった昔の少女ではなく、現実の、というか今の時代の、このホテルの泊まり客だということで――。

（お父さんとかお母さんとか、一緒じゃないのかな？）

ひとりで部屋にいるのだろうか。こんな時間に。

あれは、ひとりぼっちの子どもの泣き方だと思う。

（それにしても、今夜は向かいの部屋には、お客様は泊まっていないって、ベルさん、そういってたような？）

言葉を何か聞き間違えたろうか。それとも、遅い時間になって、泊まり客があったとか？

泣き声はいよいよ悲しそうだ。

ひとつため息をついて、苑絵は自分の部屋の扉に手をかけた。――ひとりきりで泣いている子どもを放ってはおけない。

苑絵は元々、小さなものや子どもたちの味方であり、その守護者でありたいと思っている人物であり、何よりも——書店にいないときでも、接客業についている人間のひとりとして、困っている誰かの存在を知れば、自分の手でなんとかしてあげなくては、と、無意識のうちに背筋に力が入る質だ。

両親には、「全くこの子は、生まれつきの書店員さんみたいになっちゃって」と、笑われてしまうほど、そんなとき、自分の表情が変わることを知っている。

泣き虫で、繊細を通り越してやたらと過敏な、我が身の弱さを知ってはいても、困っている誰かがそこにいれば、その手を差し出し、背中にかばうことが出来る、自分はそんな人間だということを知っている。

「苑絵は強いよね」

子どもの頃からの親友である渚砂にも、そういわれたことがある。「ふだんは可愛いうさぎさんみたいなのに、お客様や子どもたちのためならライオンみたいになれるもの。正直、わたしはさ、苑絵よりもずっと強くて丈夫に出来てると思うけど、苑絵みたいには誰かのために頑張れないと思う。いざというときは、冷静に見捨てるし、ほっとくと思うな。わたしは他人には冷たいし、きっと、好きなひとにだけしか優しくできない。つまりは、お客様みんなには優しくなれないもの」

なんてすれたようなことをいっていたけれど、なんてことはない、渚砂だっていざというときは、全てのお客様——他人を守るべく動くだろうと苑絵は思っている。

苑絵が思うに、渚砂は多分、自分がそう思っているほどにはクールな人間ではないし、根が優しい、ヒーローのような善人で、ただ少しばかり無器用で、自己評価が低い、あるいは完全主義者で、自分に課したハードルが高いだけの人間なのだ。

だからそのとき、苑絵は答えた。

「わたしたち、お店に勤めて長いものね」

特に苑絵は、絵本と児童書を担当して長いし、元々子どもが好きだから、泣いている子どもをそのままにはしておけない。それはいつどんなときでも、そうなのだ。

それでも部屋の扉が開く一瞬、フロントに電話をしてお任せした方が正しいのかも、と思ったけれど（そもそもここは、彼女の店ではないのだし）、まずは自分が廊下に出て、向かいの部屋の様子をうかがってから電話した方がいい、と脳内で打ち消した。

この時間でも夜勤のひとは起きているだろうけれど、もし仮眠でもとっていたらと思うと、起こすのは気の毒でもあった。

部屋の扉が開き、苑絵は廊下へと足を踏み出して——。

一瞬、我が目を疑った。

夜明け前のホテルの、しんと静まった廊下の向こうの、ここの真正面にある部屋の――双子のように、苑絵の部屋と同じように出来ているその部屋の、扉が開いている。

「――どうして？」

ホテルの部屋の扉は、中途半端に開いていても、自然と閉まるように出来ているものだ。少なくとも、苑絵が泊まったことがあるホテルは、どこもそうだった。扉にドアストッパーでもはさまない限りは、開いたままになるなんてことはないはずだ、と思う。

けれど、いま目の前のその部屋の扉は開いていて、そして、ブルーグレイの夜の闇が詰まったように、薄暗く見えるその部屋の中から、あの悲しげなすすり泣く声はたしかに聞こえていた。

苑絵は、信じられないような気持ちのまま、迷いながら、廊下を渡り、その部屋に近づき、そして見たのだった。

暗い部屋の床にうずくまる、肩の骨が浮き出て見えるほどに痩（や）せ衰（おとろ）えたひとりの少女と、床に広がる絵の具やパステルと、イーゼルにキャンバスの群（む）れを。

画材に埋もれるようにして、うつむいたその少女は、華奢（きゃしゃ）すぎる腕と手で自分の顔を覆（おお）い、力なくすすり泣いている。世界から隠れようとするように、からだを丸め、小さく小さく身を縮めようとしていた。

苑絵の視線に気づいたのか、弾（はじ）かれたように顔を上げた。目ばかり大きく見える痩せた顔で、乾いた唇を震わせて、苑絵を見上げた。

十代半ばくらいの、か細い少女だった。痩せ衰えているからなのか、小学生くらいの子どもにも見えた。闇に浮かび上がるその顔立ちを、苑絵は記憶していた。うつむいていても、実際にその姿を見るのは初めてでも、苑絵の記憶は間違わなかった。

エレベーターホールのそばの壁に飾られた自画像の、あの少女だと思った。絶版になった画家の伝記の本にあった一葉(いちよう)の写真の、美しくも無気力で寂しげな成長後の彼女の、その面影(おもかげ)を宿す少女だった。

(ローズさん……)

現実の世界では、そこにいるはずのない少女が、いま、苑絵の目の前にいた。

一目見て、あれはただ者ではない、妖しい、この世ならぬ存在だと想像が出来ても——日の光の下には現れ得ない存在なのだと気付いても。恐怖より強く、可哀想(かわいそう)だと思ったのは、おそらくは苑絵がその少女の名前を知っていたからであり、何よりも泣いているその少女が、小さな小さな、か弱くはかなげな姿をしていたからだろうと、苑絵は思った。

その子は、苦しんでいた。ひとりぼっちで、夜明け前の部屋の中で、苦しんでいた。数え切れないほどのひとびとの生が否定され、暴力的に殺されていったその日々の中で暮らし、不潔(ふけつ)な空間で飢(う)えて餓(う)えて、家族は皆殺されて、自分だけ生き延び、助け出されて。

生き延びたことは嬉しくてもきっと——人間というものが、他の人間の生を打ち壊すように否定することが出来るのだと、自分や自分の愛する家族たちが、ひととして扱われなくなることもあるのだと、人間というものはそういう生き物なのだと、自分はそういう世界で、これからひとりで生きていかなければいけないのだと、そのことに絶望して泣いているのだと、苑絵にはわかった。

（だって、わたしがあの子と同じ立場なら、きっとそう思うから。もう生きていたくないと思ってしまうだろうから）

世界は残酷(ざんこく)で、人間は酷薄(こくはく)で、いつ、おまえには生きている価値がないと、突きつけてくるかわからない。それをこの子は知ってしまい、けれど生き延びたからには、生きていかなくてはいけないと、死んでいった家族や知人、同胞たちのためにそう思い――けれど、暗い部屋で立ち上がれずにいるのだろう。

怖いから。まだほんの子どもだから。

（夜がずっと続けば良いって、思ってるのよね。夜が明けなければ、この部屋を出ないで済むから。ここにいれば、世界や人間と向かい合わなくて済む。誰も自分を傷つけないから）

そしてこの少女は、やがて勇気を振り絞(しぼ)って立ち上がり、この夜の部屋から旅立ったけれど、結局は力尽きて世界からいなくなってしまうのだ。それを苑絵は知っている。

迷子の子どもを抱き上げたいと思うように、苑絵はその子を慰めたい、涙を拭(ぬぐ)ってあげたい、とそれだけを強く思った。

なぜその子が今ここにいるのか、それを不思議だとは思わなかった。

だって苑絵は、その子に会いたかったのだから。それが苑絵の願いだったのだから。

苑絵は迷わずに、その部屋の中へ足を踏み入れた。夜明け前の、いちばん暗い空気が満ちている、その子のいる時間へ。

そして、身をかがめ、その少女の氷のように冷えたからだを、強く抱きしめた。

驚いたように目を見開いたその子に、何をいえばいいのか、言葉は何も思いつかなかった。ドイツで暮らしていたらしいこの子に、心を込めて語りかけるほどには、苑絵はその国の言葉を知らなかった。

そもそも、かの国の言葉に堪能だったとしても、遠い時代に強制収容所を生き延びた少女にかける言葉など、苑絵には思いつかなかった。どんな言葉を選び、どう語りかければ、この傷ついた少女の心に届き、わずかでも傷を癒やすことが出来るというのだろう。

だから苑絵は、ただ、床にうずくまり、その子のからだを抱きしめた。世界と、広がる闇からかばうように。冷え切ったからだに、自らの体温を分け与え、あたためるように。

少女は強ばったからだのまま、黙ってそうされていたけれど、やがて、ひとつ大きなため息をつくと、静かに涙をこぼし、泣きじゃくった。骨張った腕と手で、苑絵にすがるようにして、熱い涙をこぼした。

月原一整は、その朝、目が覚めた瞬間に、嫌な予感を覚えた。

朝といってもまだ夜明け前、辺りは静かで、夜の続きの時間が静かに流れていた。

胸元によくわからないものがわだかまっていた。背筋におかしな寒気も感じる。

枕元でうたた寝をしていた猫のアリスが、何を思うやら、神妙な顔をして、一声鳴いた。

元々一整は、桜風堂書店に住むひとびとの中で、誰よりも早く目覚め、身繕いや朝の仕事のあれこれを済ませる方だけれど、その日の目覚めはいつもよりもなお早かった。

今日は店が忙しくなるはずだから、睡眠不足だと身が持たない。ゆうべ寝た時間が遅かったし、もう少しだけ長く寝た方が、と目を閉じようとしたけれど、どうにも目がさえて眠れない。

というよりも、のんびり寝ている気持ちになれなかった。背筋の寒さと嫌な予感が去らない。

そうして、なぜだか苑絵のことが、その安否が気になるのだ。

（――拝み屋のおばあさんのお守りのせいかな）

どうも、怪奇小説か映画の導入部を連想してしまう。きっとそのせいだと思う。

「馬鹿馬鹿しい、これは現実なのに。俺たちは、物語の中で生きてるわけじゃない」

自分に言いきかせるように、言葉にした。

現実世界では、そんなオカルト風味の展開があるわけがない、と思う。思おうとした。

「――ああもう、だめだ」

一整は髪をかき上げ、布団の上にからだを起こした。「もういい。せっかく目が覚めたんだ。

このまま起きて、早めにあれもこれも済ませてしまおう」

布団をたたみ、シャワーを浴びて着替え、店の掃除も済ませた頃、眠そうな顔の透が起きてきた。

「おはようございます。月原さん、早いですね……」

「おはよう、透くん」

母屋の台所でコーヒーを淹れながら、一整が答えると、透はふと楽しげに笑って、

「昨日も遅くまで起きてたのに、ばっちり目が覚めてるとは、恋の力って奴でしょうか」

呟いてくすくす笑うのを、一整はため息をついて、その肩を叩き、

「はい、コーヒー、みんなの分。ぼくは朝食を菓子パンで済ませたから、ぼくの分はもういいからね。ちょっと出かけてくる」

手早く、エプロンをはずした。

「どこへ?」

「ちょっと散歩に」

「朝のデートかと思った。束の間の別れを惜しんで、とか」

振り返らずに外に出ると、背中で透の楽しそうに笑う声が響いた。

「――デートとか、そういうのじゃないからな。開店までまだずいぶん時間があるから、ひとり

でふらっと散歩に行くだけだよ」

暇つぶしだよ、そう、ただの暇つぶし。

口の中で、そう呟く。

（そもそもデートをするような間柄でもないし。卯佐美さんはきっと、俺のことを、かつての同僚か、よくて友人くらいにしか思ってないと思うぞ）

一整の方は正直そうではないとしても、あのやたらに善人で誰にでも優しいお嬢様の苑絵が、自分ごときを好いているとはとても思えなかった。透や店のみんなは、からかうように、両想いだとささやくけれど、ありえないと思っている。そんな風に考えるだけで、罰が当たりそうだ。

口の端に苦笑が浮かんだ。

（卯佐美さんは、とても優しいし、桜風堂書店の窮状を見るに見かねて手伝いに来てくれていて、そのうち、ちょっと店の仲間みたいな気持ちになってくれてるとか、そんな感じじゃないのかな――と、思うんだよ、俺は）

早朝の桜野町には、心地よい風が吹き渡る。

一整は少しだけ笑みを浮かべたまま、丘の上の観光ホテルを目指す。どんな関係にせよ、苑絵がこんな風にたまに会いに来てくれることは嬉しかった。今日これからの別れは寂しいけれど、きっとまた桜野町に戻ってきてくれると思うと、彼女のためにも店をきちんと維持しなくては、と思う。桜風堂書店は、たぶん彼女にとっても、大切な場所になっている、それが一整にはわかっていて、嬉しかった。

灯台が海を照らすように、あの店が苑絵や書店を愛するひとびとの道標になり、ここに戻ってくるための光としてこの山里に灯り続けるなら、どれほど幸せなことだろう。だから、一整は灯りを灯し続けようと思うのだ。

もう晩秋なので、澄んだ空気は寒いほどに冷えていて、気持ちいいからと風に吹かれていると、ふるっと身が震えた。

開店前にするべきことは全て済ませてしまった。なのに、依然、悪い予感は去らず、ずっと苑絵のことがひっかかり、気がかりなまま、脳裏から去らないので、一整はもうこの際、朝の散歩を兼ねて、ホテルのそばまで行ってみようかと思ったのだった。

彼女と会おうと思ったわけではない。チェックアウトの日は、特に女性は忙しいものだろうし、ホテルの朝をゆっくり過ごしてほしいから、用もなく訪ねていく気はなかった。

ただ、朝の散歩のついでのような顔をして、ホテルのレストランの焼きたてのパンでも買って、そのさらについでに、少しだけ、ロビーの辺りを訪ねてみるのもいいかな、と思っていた。万が一、苑絵と顔を合わせることになるにしても、パンを買いに来た、といえばごまかしもきくだろう。

ほんとうは、顔馴染みのホテルマンたちに、今朝の苑絵の様子を聞きたい思いがなくもないけれど、気がかりなその理由をどう説明すれば良いのか、まるで思いつかなかった。

ちゃんとしたホテルに泊まっている常連客の安否が気になるなんて、そんなこと、とてもいえたものではない。気がかりなその理由が、およそ根拠もないといっていい、漠としたオカルトじみた不安なのだし。

（まあ、卯佐美さんは、そのうち店に来てくれるだろうし、そうしたら安心できるだろうから）

桜風堂書店の開店時刻は九時。今日苑絵は、八時にはホテルを引き払い、店に来るといっていた。――一階、フロントがある階のレストランでパンを買いながら、腕時計を見ると、いまはもう七時だ。

苑絵と顔を合わせるのも、何だかばつが悪い気がして、一整はホテルを出ようかと考えた。

ちょうどフロントの前を、会釈しながら横切ったとき、わずかに緊張感のあるやりとりを、フロントの青年がしているのに気付いた。電話を手に、誰かと会話を交わしている。固い響きを帯びた、その言葉の中に、「卯佐美様が」という言葉が聞こえた。

「――卯佐美さんが、どうかしましたか？」

嫌な予感がして、のどが乾く。

「あ、桜風堂の――」

青年は一整とは顔馴染みだ。よく桜風堂書店を訪れてくれるし、長くここの売店に本をいれさせてもらってもいるので、知らない仲ではない。このホテルと桜風堂は、その昔、同じ頃にこの町で開業した歴史もあるので、そもそも付き合いが長く、深くもあった。そしてこの青年は、苑絵と桜風堂の関係を知ってもいる。

フロントの青年は、受話器を置いて、何事か考え込むような表情で、一整にいった。

「卯佐美様が起きていらっしゃらないと、朝食を届けに行ったレストランの者から連絡がございまして――」

「まだ眠っているということでしょうか？」

おかしい、と一整は思った。八時にホテルをチェックアウトするのなら、さすがに起きていないといけないのではないだろうか。そもそも苑絵は時間をきちんと守るタイプだったはずだ。待ち合わせをすれば、誰よりも早くその場所にいるような人間だ。

「卯佐美様は、今朝は六時半に朝食をご予約なさっていたのですが、レストランの者がいうには、お部屋に届けに行っても、いつものように扉を開けてくださらない。まだお休みなのかとワゴンを廊下に置いて、他の仕事をしたあとに戻ってきても、ワゴンはそのままになっていた、と。ちょうどそこに、前の夜に卯佐美様から宅配便の伝票を頼まれていたお部屋係が通りかかって、お部屋のベルを鳴らしたところ、やはりお部屋の中から何の反応もなかった、と。

寝ていらっしゃるのなら良いのですが、もしかしてお部屋の中で具合が悪くなられていたら、と、彼らは心配してフロントに電話を」

青年は苑絵の部屋に電話をかけた。しかし受話器を取る気配はないようだった。

「念のために、お部屋にうかがってまいります」

と、青年は一整に頭を下げて、エレベーターで三階へと上がっていった。

一整は、悪い予感は、このことだったのか、と思い当たったような気がした。そして、苑絵がただ眠り込んでいるだけであるといいと、それだけを願った。みぞおちの辺りが痛んだ。子どもの頃、病弱な姉がいたし、幼い頃に母も亡くしているので、病気というものの恐ろしさを一整は身に染みて知っていた。

そうたたないうちに、フロントの青年は、エレベーターで戻ってきた。早足で、一整の元へ歩み寄り、低い声でいった。

「万一を考え、お部屋の扉を開けてみたのですが――卯佐美様はどこにもいらっしゃいませんでした」

「どこにも？　それは……ホテルを出て、どこかに出かけたということでしょうか？」

自分のように朝の散歩に出かけたのだろうか、と一整は考えた。桜野町と別れることを寂しがっていたようなので、町との別れを惜しむようにふらりと朝の町を歩く、というのは、苑絵らしいような気もした。

それでついうっかり、時間を忘れてしまったとか。いま急いでホテルに戻ってこようとしているところだとか。

情景が目に浮かぶような気がして、一整がくすりと笑うと、静かな声で青年はいった。

「卯佐美様は、今朝はこのホテルから外へは出ていらっしゃいません。少なくとも、階下へは降りていらっしゃっていないと断言できます。ここフロントに早朝からわたしはずっとおりますが、卯佐美様のお姿をお見かけしていないからでございます。このホテルから外に出るには、正面玄関か、レストランの奥にある扉を通るしかありませんが、そのどちらに行かれるにせよ、ここフロントにいるわたしが気付かないはずはないのです。フロントはこのフロアの全てを見渡せるような位置にございますので」

そして言い添えた。自分は昨夜夜勤だったけれど、夜の間も、誰も外へは出ていらっしゃいません、と。

「——ということは」

一整は言葉を呑んだ。苑絵はこのホテルのどこかにいるということなのか。なのになぜか、朝食をとらず、チェックアウトの準備も——桜風堂に来る準備もしないで、どこかに身を隠しているということなのだろうか。

しかし、この美しくとも小さなホテルのいったいどこに、苑絵は消えたというのだろう。

「他のお客様のお部屋を訪ねているとか……そういうことはあるでしょうか?」

内気な割にひとに好かれる苑絵のこと、ホテルで知り合った客に部屋に招かれて、つい話し込み、帰りそびれている、などということはあるかもしれない。

「いえ、今日いらっしゃるお客様はみなさま、お部屋でのご朝食をお望みで、レストランの者はすべてのお部屋にうかがっておりますので、お部屋に卯佐美様がいらっしゃれば気付いているはずです」

お部屋係も朝の掃除に取りかかる時間で、館内を回っている、やはり苑絵がどこかにいれば気付くはずだと言い添えた。


フロントの青年に頼み込んで、一整は三階の苑絵の部屋を訪ねた。部屋の中には入れてもらえなかったけれど、ベッドはまるでいままでそこに寝ていたようだったという。荷物もそのまま、窓辺に置かれたテーブルには飲み物を飲んだ後のグラスが置かれていて、苑絵だけが忽然と姿を消したような、部屋はそんな様子なのだと聞いた。

一整は途方に暮れた。

一方で、何だか急に、推理小説の中にでも迷いこんだようだと冷静に考え、そんな自分が情けないような、可笑しいような気がした。

心臓が速く鼓動を打ち続けていた。

ひとひとりが忽然と消えるなんてことが、あるとは思えない。きっとどこかに苑絵は気まぐれに身を隠していて、すぐに戻ってくるのだと思おうとした。

（だけど――）

何か思いも寄らないような出来事があって、苑絵がこれきり一整のもとや桜風堂書店に戻ることがなく、これが永遠の別れになってしまったらどうしよう、と一整は思った。

大切な存在との別れを何度も経験しているからこそ、足下が揺らぐほど恐ろしかった。

そのときだった。すう、と目の前を、白い鳥のような、紙飛行機のようなものが、閃(ひらめ)くように飛んだ。光で出来たようなそれは、苑絵の部屋の真向かいの部屋の、分厚い扉の下へと、滑(すべ)り込んだ。

どこから現れ、宙を舞ったものか、わからなかった。

わずかに廊下側に残ったそれを、一整は身をかがめて拾い上げた。

拝み屋のおばあさんに預けられ、苑絵に渡した、あの、鳥の形をした、白い和紙のお守りだった。

その部屋には、無数のキャンバスがあり、イーゼルが置いてあり、油絵の具と有機溶剤の匂いが、胸が悪くなるほどに立ちこめていた。

床にうずくまり、痩せてやつれた少女を抱きしめながら、苑絵はこの子はこの空気の中に隠れていたのかと噛みしめていた。

外に出ず、扉と窓を閉ざし、自分の心とだけ向かい合い、世界に背を向けて、淀(よど)んだ空気の中で絵を描き続けていたのだろう。――やがて立ち上がり、この部屋を出たその日まで。

キャンバスには無数の亡骸(なきがら)が描かれていた。ひとの犬猫の小鳥の魚の、痩せて骨と皮になった哀れで痛々しい死体の群れ。その中に少女はひとり生きていたのだ。

苑絵は、画材の匂いが嫌いではなかった。むしろ、子どもの頃から油絵も描くので、普段なら画材の匂いは懐かしく落ち着くものだった。その世界に逃避することが多かったので、それは、心の故郷のような、安全な場所の匂いだった。

苑絵は、ローズのように言葉につくしがたい悲惨な経験をしたわけではない。比べることもおこがましく思えるほど、平和な国の平和な時代の、豊かな家庭で、愛されて育った子どもだったとわかっている。世界や人間を恐れていたのは、金持ちの子どもの贅沢なわがままだったとひとによってはいうだろう。

(それでもわたしは世界を恐れていたんだ)

生きているのが辛いほど、永遠に夜が明けなければ良いと何度も願ったほどに、世界や人間が怖かった。その辛さは嘘じゃない。

(わがままでも、なかった)

だからいま、苑絵の中の孤独だった少女が、目の前のローズに手をさしのべようとする。大きくなった苑絵は、かつての自分と一緒に、少女ローズを抱きしめる。

(絵の具は大事なお友達だよね。言葉で、武器で、世界に向ける盾なんだ。

わかってる。でも、これはだめだよ)

絵の具を差し入れたのは、異国でひとりぼっちの少女を案じた遠い親戚なのだろう。この部屋を用意し、少女を休ませ、やがて海外で引き取った、遠い親戚の思いやり。平和になった時代に絵を愛した子どもだったという傷ついた少女を慰めるために贈った、せめてものプレゼントだったのだろう。彼女はそれに感謝していたと、そんな記述を、実際、苑絵は彼女の伝記で目にした記憶があった。

たくさんの画材はたしかに、この子を励まし、力になり、やがてこの部屋を出るための力になり、のちに彼女の職業となったのだろうけれど、こんな風に閉じこもっているのでは、心中(しんじゅう)と同じだと苑絵は思った。この部屋はまるで、部屋の形をした棺(ひつぎ)のようだ。

腕の中の少女——ローズは、間近(まぢか)で見れば、手も服も絵の具やパステルに汚れ、その細い髪すらも、鳥の巣のようにもつれていた。

苑絵は半纏の袖で、ローズの髪と顔の汚れをそっと拭った。野生の小鳥の雛(ひな)のように、戸惑い怯える少女のその頬を拭ってやり、

「そうね、まずは換気(かんき)しましょうか?」

少女をその場に残し、部屋の奥へと踏み込んでゆくと、重くかかったままのカーテンを開けた。ガラス窓の向こうには、夜明け前の広い空が見える。

苑絵の部屋とは反対側の景色なので、桜野町の人里が眠るように広がる様子が見えた。

うっすらとミルクのようにけぶるのは、靄(もや)なのか、朝を待ち安らう家々を静かに抱きしめる、優しい海のようにたなびいていた。

「よっこらしょ、っと」

両開きの窓を押し開けると、新鮮な空気が、部屋の中に流れ込んだ。同時に、朝が近づく夜明けの空の光が、水の流れのように、部屋に入り込んできた。

「綺麗ね」

風に髪をなびかせながら、苑絵は少女を振り返った。少女は窓に——世界に背を向けていた。部屋の隅の暗がりへと、無器用にからだを丸め、隠れようとしているようだった。その耳に言葉がどれほど届いているのかわからなかった。

「——世界は、怖くないのよ」

苑絵は窓に背を向け、少女の方へと静かに歩み寄った。床に転がっていたパステルを踏むと、骨を踏むような乾いた感触（かんしょく）がした。色とりどりの花火が散るように、木の床にパステルの欠片が散った。苑絵は軽く身をかがめ、それを拾い上げながら、少女に話しかけた。

「じきに朝が来るわ。夜はいつまでも続かなくて、太陽は巡（めぐ）って、明るくて綺麗な朝が来るの。きっと来るの。——だから、怖がらなくていいのよ。わたしたちは何も、怖がらなくてもいい。世界はひどいところで、人間は時に愚かで残酷だけど、それでも世界は美しいし、朝は必ず、やって来て世界を照らすから」

言葉にしながら、どこかで苑絵は自分の言葉を疑っている。世界とはそんなにいいものだろうか。朝になったとて、光に照らされるそこには、無数の屍（かばね）が並び、泣いている子どもたちがいるだけではないのか。

そう思っていても、それでも、苑絵は明るい言葉を口にする。それはたぶん、自分の唱える呪文なのだと思う。あるいは誓いの言葉なのか。たとえまわりの世界が闇に包まれても、どんな時代が訪れても、そこに小さな光を灯すと決めたから、愛するひとびととともに、顔を上げて進んでいくと決めたから。

ローズは窓の光の気配に背を向ける。

苑絵はそのそばにしゃがみ込み、ひざをつくと、パステルでキャンバスに絵を描いた。白いキャンバスを探して描いた。ローズが顔を上げなくても、視界に入るように。

花の絵を描いた。花に集まる小鳥や蝶や、吹きすぎる優しい風を描いた。

ローズがかつて知っていただろう、日常の中にあって美しかったもののいろいろを。それと気付かなくても、宝物だった美を。

当たり前に身の回りにあっただろう光を。

言葉に出来なくても、美しいものは描ける。百の言葉を選び並べて、それを尽くすことは出来なくても、苑絵には美しいものの絵が描けた。そして苑絵は草花を愛し、その手で育てる娘であり、世界中の花を、その写真や絵をも愛(め)でる娘であり、記憶した花を忘れない不思議な異能を持った存在でもあった。

ローズが育った異国の、幸せだった時代に彼女の周りにあっただろう花を、薔薇(ばら)をゼラニウムを、さまざまな野の草や香草(こうそう)を苑絵はキャンバスの上に咲かせた。過去の世界から引き出してくるように。

光を差し出すように、苑絵は絵をローズに渡した。差し出しながら、描いていった。死が描かれた絵で埋め尽くされた部屋の床を、花で覆ってゆくように。

キャンバスはそこにどれほどあったろう。数える余裕もなく片端から描いていったので、枚数など覚えていない。この子がなくしていたもの、忘れていたかも知れなかった、ありふれた、けれど美しい光を、この子に返すような気持ちで、ただ色とりどりの花の形をしたそれを、キャンバスの上に彩(いろど)っていったのだ。

空は明るくなっていく。地球が巡るにつれて、朝が来る。

窓から光が射し込み、部屋の中を明るい色に染めてゆく。しんとしていた空気に、野鳥の歌声が満ち、響き渡ってゆく。

苑絵はパステルの粉でくしゃみしながら、身を起こした。てのひらやひざのあたりを払いながら立ち上がり、窓から空を見る。

冷たく澄んだ風が、胸いっぱいに入ってきた。秋の木々のかすかな匂いと、何かの花の甘い香りと、わずかな水の匂いも混じっているような気がした。

日の光は金色に輝き、たなびく秋の雲の端を輝かせていた。それはどこか、空にたなびく果てしなく大きな旗のようにも見えた。

また朝が来たこと、日の光が夜に勝利したことを祝う旗のようだ。響く鳥たちの声も、朝の勝ちを言祝ぐ歌のようだった。

どんなに闇が深く思えても、きっと朝は来るのだと、目に見えない天使のようなものが、ほら見なさい、とどこかで笑みを浮かべている。

そう、輝く雲は、天使の翼にも似ていると苑絵は思った。

ふとてのひらを見ると、パステルの汚れの、その色とりどりに汚れた様子が、どこか楽しげでおかしかった。窓ガラスにかすかに映る顔を見ると、頬や鼻の辺りも汚れている。手の甲でこすると、余計に広がった。

つい笑っていると、小さな足音が近づくのに気付いた。

花の絵が描かれたキャンバスの中から、ローズが立ち上がり、細い足で一歩二歩と窓辺に近づいてこようとしていた。

汚れてくすんだ肌が、落ちくぼんだ目元が、朝の光に照らされて、少女は眩しげにその目を細めた。骨が浮き出た手で光を遮りながら、でも、光の中へと足を進めてきた。

小さなキャンバスを一枚、ローズは持っていた。一輪の赤い薔薇の花を描いたそれに、日の光が射す。少女ははにかんだ笑みを浮かべる。床に広がる、キャンバスを振り返りながら、この絵がいちばん好き、といった。苑絵にはドイツ語はわからないけれど、身振り手振りと、笑顔で通じた。

そして、ローズは、ありがとう、と、片言の日本語でいった。にっこりと笑った。

ふたりで並んで、窓から外を見た。

朝の光に照らされた、世界を見た。輝かしく美しく、懐かしいその場所を。

誰かがドアをノックする音がした。

最初は軽く、どこか戸惑うように、そして、力強く叩く。

「はい」

苑絵は返事して、急ぎ足でドアに向かう。

いま誰かが来たら、ローズが怯えてしまう。きっとそうなる、と思った。

一瞬、怪訝(けげん)に思ったのは、さっきこの部屋の中に入ったとき、たしかドアが開けっぱなしになっていたような、と思ったからで、けれどドアはしっかりと閉まっていたのだった。

苑絵がドアを開けると、そこに、青ざめた顔の月原一整が立っていた。

すぐうしろには、顔馴染みのホテルマンたちが妙に緊張した顔で、並んでいる。

苑絵は驚いて、一整を見上げた。

なんでこのひとはこんなに、自分のことを見つめるのだろう、と思いながら。まるで夢の中の登場人物を見るような、ここに苑絵がいることが信じられない、というような、そんな表情の目だと思った。

「あの、何かありましたか――?」

言葉が終わる前に、いきなり包み込むように抱きしめられて、苑絵は呼吸が止まりそうになった。――というよりも腕の力が強すぎて、息が苦しい。

「急に、いなくならないでください」

その言葉が耳元で聞こえた。

普段聞いたことのないような、深い、胸の奥から響くような、震える声だった。

果てしのない孤独と、苦しみを帯びた声だと思った。彼の魂の深いところに密(ひそ)やかな暗闇があって、そこからふいに滲(にじ)み出したような、祈(いの)りのような声だと思った。

それは、彼が、銀河堂書店でお客様に本の説明をしていたときの、聞き取りやすい丁寧(ていねい)な声や、桜風堂書店でスタッフと楽しげに会話しているときの少し早い、明るい声、桜野町の子どもたちに微笑みかけ、兄のような目線で会話しているときの穏やかな声の、どんな声とも違う声だった。

苑絵が身じろぎする様子に、一整ははっとしたように腕の力を緩め、目をそらすようにした。

苑絵は息を整えながら、自分からその身を離そうとする一整のその腕に触れ、静かに見上げた。

「わたしは、急にいなくなったりはしません」

一整の整った、けれどどこか寂しげな顔の黒々とした瞳が、すぐそばにあった。

睫毛(まつげ)の長い、深い色のまなざし。――幼い日の苑絵が恋をした、絵本の中の月の王国の王子さまに似た、ひとりぼっちの子どもの瞳。

「あなたを、ひとりぼっちにはさせません。わたしがずっと、そばにいます」

時が止まったような一瞬の後、一整は、苑絵を見つめたまま、かすかにうなずいた。

そのとき、その言葉を自分が口にしたのはなぜだったのか、苑絵にはよくわからない。思い返すたびに何度も不思議に思った。

閃くように、その言葉を口にした。どこへも行かないと誓った。それが「正解」だと思ったから。このひとが求めているのは、この言葉だと思い、自分にはそれを差し出すことが出来る、と思ったから。

何よりも自分自身が、このひとのそばにいたい、と思ったから。

のちに彼女の夫となった月原一整も、

「あれは不思議だったね」

と、その話をするたびに笑ったものだ。少し照れくさそうに。

「ぼくはたぶん、あの朝のあの瞬間まで、長い長い旅をしていたんだ。たったひとつの言葉を求めて。それがあの朝、苑絵が口にしてくれた言葉だったんだと思うよ」

それは言葉の形をした鍵だったのだろうと苑絵は思う。

心を開くための、魔法の鍵。

もし自分が当たり前の人間から少し外れた存在だから――この世界に生きる魔女のようなものだからこそ閃いた正解だったとしたら、苑絵はやはり、自分が魔女で良かったと思うのだ。

さて、その朝、何が起きていたのか——自分が行方不明になっていたのだとホテルのひとびとに言葉少なに知らされて、苑絵はひどく驚いた。

フロントのひとに、

「卯佐美様は、いままで、このお部屋にいらっしゃったのですか？」

と訊ねられ、

「そうです。夜明け近くに、この部屋のドアが開いていて——子どもの泣く声が聞こえたので」

と答えかけて、はたと自分の言葉に違和感を覚えた。

部屋の窓からも、開いているドアの向こうからも、明るい朝の光を感じるいまこの時間に、自分の口から出る言葉を聞くと、それは現実味のない、物語の中の台詞(せりふ)のようなものに聞こえた。

「子どもが——ローズさんがそこに……」

苑絵は、自分の背中の方を、部屋の窓の方を振り返った。

窓は開いていて、薄青い秋の朝の空が見えた。白いレースのカーテンが鳥の翼のように朝の風に閃いていた。

さっきまでそこにいて、キャンバスを手に外を見つめていた長い髪の少女の姿はない。

床に散らばっていた、苑絵が花の絵を描いたキャンバスも一枚もない。

画材もなく、油絵の具や有機溶剤の匂いもなかった。

ただ澄んだ山里の朝の匂いが、窓から流れ込んでくるばかり。

苑絵は自分のてのひらを見つめた。

朝の光の中で、それはただ白いばかり。パステルの汚れなど、うっすらともついていないのだった。

「卯佐美様は、もしかしたら、夢をご覧になったのかもしれませんね」

静かな声で、若いホテルマンはいった。

「ローズ様に思いを寄せていらっしゃったようだ、とベルマンに聞きました。向かいの部屋が昔にローズ様がお泊まりになっていた部屋だと、前夜彼からお聞きになったとか。ローズ様に会いたいと優しいお気持ちで思われた、そのお心が、不思議な夢になったのかと存じます」

ただ、なぜこの部屋の中に苑絵が入ることが出来たのか、それがわからないのだといった。この部屋のドアには他の空室と同じに鍵がかかっていたのだそうだ。

だから、一整が急にこの部屋のドアをノックしたとき、怪訝に思ったのだと。ここに、この部屋に、昨夜宿泊客はいなかった。だから今朝、誰かが中にいるはずはなかったのだ。

「──当館も古いホテルですので、何かドアの具合がおかしかったのかも知れません」

ホテルマンはゆるゆると首を横に振った。

苑絵はただ、てのひらを見つめた。

（夢──）

そう考えれば、つじつまは合うような気がする。いま少女がここにいないことも、花を描いたキャンバスが床に一枚もないことも。

夜明け前、世界がいちばん暗い時間に、苑絵は夢を見たのかも知れない。向かいの部屋で、子どもが泣いている夢を。夢を見たまま、その部屋に向かい、どうやってかドアを開き、部屋に入った。そして苑絵の夢は、苑絵の願い事を叶えた。夢だから、そんな不思議が起きたのだ。苑絵は夢の中で、会えないはずの昔の少女と言葉を交わした――。

『トムは真夜中の庭で』のように。

(あの本が、夢の素になったのかな)

それか、『アルプスの少女ハイジ』だ。夢遊病。寂しい子どもが夢の中で歩く、そんな病気。魂が何かを求めるように迷い歩く病気。

苑絵は軽く頭を抱える。実際、苑絵は幼い頃のある時期、夢遊病の症状があったと母に聞いたことがある。すぐに治ったと聞いていたけれど、実はそれがまだ残っていたのだろうか。

(夢か。夢だよねえ――)

苑絵はため息をつく。

さっきまで自分がそこにいて、少女のために花の絵を描いていた、あの暗く、油絵の具と有機溶剤の匂いが淀んでいた部屋の気配は、まるでない。いま苑絵がいるのは、秋の朝の空気がいっぱいに満ちた、明るく清らかな美しい客室だ。当たり前の一日が始まる。そうだここは、物語の中ではなく、当たり前の日常なのだ、と苑絵は思う。

一整が気遣うように自分を見つめる、そのまなざしに気付いた。苑絵は軽く肩をすくめ、そして慌てて彼にいった。

「あの、桜風堂が開店する準備をしなくてはいけないんじゃないでしょうか？」

浴衣姿なので、手首に時計はなく、スマートフォンも持っていない。けれど、開店の時間が迫っていることはわかる。

（ああ、チェックアウトしないと——）

そして苑絵は、いったん帰るのだ。

またここに戻ってくるために。


予定ではずっと早い時間にチェックアウトをするつもりだった。苑絵は慌ただしく部屋を片付け、身繕いをする。廊下に出ていた朝食のワゴンに載っていたもののうち、オムレツやサラダを口に入れ、オレンジジュースを飲み干した。パンをもぐもぐと食べながら、化粧をし、荷物をまとめる。

幸か不幸か、急がなくては、とそれがまず頭を占めるから、今朝方の不思議な夢について、深く考える余裕がなかった。

苑絵はそして、リュックを背負って部屋を出た。チェックアウトの時、荷物があるときはベルマンを呼んでほしいといわれているけれど、今朝はその到着を待つ時間が惜しかった。

エレベーターの中の鏡で、化粧のチェックをしながら、フロントがある一階のエレベーターホールに降り立った。

何気なく見上げた、そこにあの絵があった。

少女時代のローズ・Mの自画像だ。

キャンバスにパステルで描かれた少女の絵が、いつも見るそれとはどこか違っていることに苑絵は気付いた。

ひどく痩せて、こちらを見つめている少女の絵。それは同じだ。

ただ、目が違っていた。

そこには、絶望がなかった。

畏れと怯えがありながらも、前途を見据え、切り開いていこうとする強さが、そこにはあったのだ。まなざしに光があった。

苑絵の記憶の中にある絵と、いま目の前にある絵は、同じ絵なのに、違っていた。わずかな陰影が、引かれた線の強さが、たしかに違っていたのだ。

そして、自画像の口元はかすかに笑っていた。少し歪み、泣きそうでありながらも、柔らかな微笑を浮かべているのだった。

そして物語は、それからいくらか先へと進む。二〇一〇年代半ばに始まった、月原一整と桜風堂書店の物語は、少しだけ過去の物語だったのだけれど、ちょうどいま、現代――二〇二〇年代の物語となる。

桜野町の商店街で、桜風堂書店は堅実な商(あきな)いを続け、風早の街では銀河堂書店が、こちらも手堅く営業を続けている。この間あった、感染症の流行やそれに伴うさまざまな社会の変化に影響を受けはしたものの、ふたつの書店は助け合い、知恵を出し合って、荒波を乗り越えてきた。

一整は卯佐美苑絵と結婚し、桜風堂の離れの部屋で暮らし、ふたりの間には幼い娘がいる。梢(こずえ)と名付けられたその娘は、とても本が好きな元気な子どもで、自分が桜風堂書店を継ぐのだと無邪気(むじゃき)に考えているようだ。

梢はこの山里の空気から生まれたようなどこか不思議な少女だった。ふと店内にたたずみ、こちらを見ているような様子を見ると、一整も苑絵も、この子とは昔に会ったことがあるような、と思い、梢の方も妖精じみた笑顔で見つめ返したりもするのだった。

桜風堂書店の前の代の店主は、好調な店と、育った孫の透に安心したように、ある春の日に静かに世を去った。桜の花が舞い散る午後に眠るように命が終わったその様子は、まるで桜の花に迎えられたようだった。

一整は、そのひとの優しく穏やかな魂は、消えたのではなく、いままでこの人里で生涯を終えてきたひとびとの魂に手を引かれ、町を見守る精霊のようなひとびとの中に迎え入れられたのではないかと思った。

春の光の中に、町を流れる川の水の煌めきの中に、一整を優しく導き、見守ってくれたそのひとのまなざしがあるように思うのだった。

成長し、若者になった透は、東京で学生生活を送りながら図書館学を学び、司書の資格を取り、桜野町に図書館を作るプランを練っている。

「桜野町には桜風堂があるから、もう書店は建てなくても良いし、ぼくは図書館を作る方法を模索しようと思って」

透はどうも、ただの図書館ではなく、もっと進歩した、さまざまな文化のポータルとなり得るような場所を作りたいと夢想しているらしい。町長や商店街のおとなたちが興味を持って協力を申し出ているので、透の夢はいつか未来に実を結ぶのかも知れなかった。

透の子どもの頃からの親友たち、音哉は、音大在学中から若きヴァイオリニストとして名を揚げ、世界中を旅しながら、時に羽を休めるように桜野町を訪れ、ホテルでしばし執筆活動を行ったりしている。作家になる、という夢はあと少しのところで叶っていないけれど、音楽家としての日常や旅先での出来事を綴るエッセイストとしてはベストセラーを続けて上梓している。

同じくペンションはやしだの楓太は、大学を中退した後、町に戻り、父親を手伝って、ペンションとネット古書店、そして便利屋の後を継いで、今日も元気に桜野町を駆け巡っている。動画で町を紹介する腕は年々上がっていて、いまでは商店街に頼まれて、町のさまざまな商品を扱うオンラインショップの構築やその経営まで手伝うようになっていた。

苑絵の母茉莉也が持ちかけた、郊外の廃工場を復活させる計画——埋もれつつあった技術を受け継ぎ進化させた若者たちとともに、さまざまな美しいものを作り上げる計画は見事に成功し、この山里から世界中に、宝石のようなレース細工や織物などの手工芸品が送り出されるようになった。

職をなくしていたかつての職人たちも働く場所が出来、技術は絶えることなく受け継がれ、バージョンアップされていく。新しく桜野町を訪れて、新たな企業を興したいと語るひとびとも登場するようになって、眠るようだった山里は、静かに活気を取り戻しつつあった。


そんなある夏の、昼下がりのことだった。

「やあ、みなさん、お元気ですか？」

銀河堂書店の副店長塚本が、いつものように小洒落た英国風の装いで、桜風堂書店にひょっこりと顔を出した。

レジにいた一整は、カウンターを藤森に頼み、カフェスペースに冷たい飲み物を作りに行った。視線でさりげなく招くと、副店長は洒落た長靴を軽やかに鳴らすようにして、テーブルに着いた。

渓流釣りのついでに、といいつつ、何かと店に顔を出し、書店経営の策や知恵を授けてくれるのは、長く続いている「いつものこと」で、それは同じようにちょくちょくやってくる店長の柳田も同じだった。

　顔を出す、といえば、苑絵の親友であり、一整のかつての同僚である渚砂も、しょっちゅう店に顔を出す。渚砂の場合は、一整の従兄である作家蓬野純也と一緒に暮らすようになってから、とみに遊びに来る頻度が増えた。一整にはよくわからない（というよりも、踏み込んではいけないようだと思っている）けれど、女同士語り合うことがたくさんあるものらしかった。

　蓬野はたまに大きな犬をつれて遊びに来る。渚砂と一緒のときもひとりのときもある。近くの山や商店街を楽しげに歩いたりする。その正体に気づいているのかいないのか、洋館でひとり暮らす、とあるミステリ作家と出会い、友人になったようだ。そして蓬野は桜風堂を訪れ、長い時間を過ごす。時に静かに、時に一整に話しかけ。店の仕事の合間に従兄弟同士の会話に興じるとき、一整は子どもの頃の記憶に残る従兄の笑顔を懐かしく思いだすのだった。

　窓辺に置かれた止まり木でうたた寝していた白い鸚鵡が、塚本に気づくと、軽く羽を広げて、『釣果ハドウカネ?』と首をかしげる。

　副店長は、「さあどうだろうね」と、鸚鵡の頭をかいてやった。

　夏休み中の梢が、副店長にまとわりつき、子どもが好きな彼は星野百貨店地下で用意したらしいキャンディの袋を手渡してやっていた。老いた三毛猫のアリスが、品のよい仕草で挨拶に行く。副店長は身をかがめ、その頭をそっと撫でた。

「すみません、ありがとうございます」と恐縮しながら、苑絵が階段を降りて来る。

「あ、見ましたよ、絵本雑誌の特集記事」

副店長がにこやかな笑顔を向ける。

苑絵はいまは桜風堂書店を手伝いつつ、新人の絵本作家として、少しずつ作品を発表し始めたところだった。

書店員を続け、子どもを育てながらの時間の合間に絵を描くのは大変なことではあったけれど、苑絵のまわりには美しいものがたくさんあり、どれほど描いても疲れることも飽きることもなく、幸せなばかりだった。

最近は絵本関係の雑誌やさまざまな媒体(ばいたい)で新人作家として話題になることも増えた。山里で暮らしている子育て中の母親で、古く小さな書店の書店員ということもあって、婦人雑誌やテレビ局から取材の声がかかることもある。

苑絵が、キャンディの袋を抱えた梢を呼びつつ再度礼をいうと、副店長は、それでね、と話を切り出した。

「好きな画家の名前に、ローズ・Mの名前を挙げていたでしょう？　ほら、昔、行方不明になった画家の。若い頃に、月の裏側が舞台になった、とても綺麗な絵本を描いた。お、珍しい名前を挙げるな、あんな寡作(かさく)な画家を、さすが苑絵さんだと思ったんですが、これ、気付いてましたか？　少し前の海外のニュースですが——」

ポケットからスマートフォンをとりだし、どこか外国のものとおぼしきニュースアプリを立ち上げて、苑絵と、アイスティーを運んで来た一整に見せた。

「ドイツの新聞なんですが、ほら、反戦運動のニュースの写真に——」

ガザの空爆(くうばく)に反対するひとびとのその先頭に立つようにして、老いた長い白髪の女性が胸を張り、立っている。年齢はわからない。眉毛(まゆげ)も白く顔は皺だらけで目は埋もれ、肩は力強くがっしりと、お腹周りは丸い。海外のどこかの田舎にいそうな女性だけれど、凛(りん)として顔を上げる姿と強い意志を感じさせるまなざしは、どこか地上に降りた老いた女神のようで、美しく見えた。

ふと、そのひとの姿に、苑絵は見覚えがあるように思った。

このおばあさんを、苑絵は知らないと思う。思うけれど、たしかによく知っていて、それを自分が忘れているだけのような気もするのだ。

副店長は、どこか楽しげにいった。

「たぶんこれ、画家のローズさんですよ」

「え?」

「もう九十代、ひょっとしたら百近いんじゃないでしょうか。仙人(せんにん)みたいですよね。長く行方不明だったんですが、実は絵を描き続けていて、最近はお孫さんに助けられてたまにブログにアップしたりしているみたいで。たまたま見つけたんです。ちょっと見てみませんか?」

彼女を知っているひとになかなか会えないものだから、こうして話せて嬉しくて、と、副店長はこの人物には珍しく相好を崩す。

「塚本さん、ドイツ語おできになるんですね……」

　おや、知りませんでしたか、と副店長は軽く眉をつり上げる。

「外国文学の棚の担当ですし、英語、中国語は当たり前として、独語、露語、仏語、それに伊語あたりは、まあ趣味兼たしなみとして、読み書きが出来る程度には、ね」

　少し得意そうに、喉の奥で笑う。

「ブログに書いてある記述によると、ローズさんは、その若き日に、アメリカで行方知れずになった後、からだと心の調子が良くなくて、無気力に、どこか投げやりに、欧州をさすらったようですね。命を絶ったという噂が流れたのはこの頃の話のようで。けれどそれから、長い旅の後、故国であるドイツの郊外に腰を落ち着け、遅い結婚をし、子どもたちを育てて、やがて、また絵筆を取るようになったと。昔の名声を知るひとはいまや少なく、けれどたいそう幸せに生きてらっしゃるようですよ」

　ブログにはたくさんの写真と絵が溢れていた。若い頃のまだどこか不安げな彼女の写真や、結婚式の写真、子どもたちの写真があり、そして彼女の絵があった。彼女と家族たち、それに犬猫の幸せそうな笑顔に美しい小鳥や魚が、数え切れないほどに続いていた。

　そしてどの写真にも絵にも、花が描かれていた。薔薇がありゼラニウムがあり、野の花が香草たちが生き生きと描かれていた。花弁の一枚一枚が光を放つような、柔らかな、命に溢れた絵だった。

「ブログをまとめているお孫さんが語るにはですね――ローズおばあちゃんはとっても優しく孫たちに甘く、天才的な画家であるけれど、国内外の戦争や差別の話を聞くと、髪が逆立ってアマゾネスのようになるんだそうです。いまもけっして丈夫じゃない、病弱なのに、最近は年も取ったのに、どこかで何かの集会があれば走って出ていくらしいです」

苑絵はあの日、ホテルの部屋で出会った、幻のような少女のことを思った。夜明け前に出会い、一緒に朝を迎えた少女のことを。いまとなっては夢だったのか現実なのか、おぼろになりつつある不思議な時間の記憶を。

そうだ。いまとなっては、ホテルのエレベーターホールに飾られた彼女の少女の頃の自画像も、最初からあの、かすかな笑みを浮かべた表情だったような気さえするのだ。

あの子はあのあと、生きていたのだろうか。あの魔法のような時間はほんとうにあったことで、時を超えて苑絵と出会った少女は、のちに養生が終わってあの部屋を出た後、苑絵が知っている未来とは違い、死を選ばなかったのだろうか。ただ画家として表舞台から姿を消しただけで、ひととして幸せに生きていたのだろうか。

そんな風に、彼女の運命は変わっていったというのだろうか。

あの自画像の表情が変わっていたように。

苑絵はどきどきと鳴る胸元を押さえた。

そんな魔法のような、幸せな奇跡が、この世界には起こりうるというのだろうか。

「そしてね、苑絵さん。ローズさんは、日本人の血を引いていることもあってか、大の日本贔屓だって、そんなことも書いてありますね。お孫さんも日本のアニメが好きだそうで、一緒に見たりするんだそうですよ。――ローズさんは、少女時代のごく短い間、日本で暮らしたことがあるらしいとは知っていましたが、その頃のことでいかにも画家らしい、幻想的な出来事もあったらしいです。

――ほら、この写真のキャプションによるとですね――『日本で不思議な夢を見た、とても優しく、美しい夢だったわ』と祖母はよく話してくれます。『ひとの邪悪さ、運命の残酷さに疲れ、心もからだも黄泉路に引き込まれそうになっていた少女の頃のわたしは、その夜、天使に会ったの。闇の中にうずくまっていたわたしのところに、夜明けの光とともにその天使は現れて、花の絵を描いてくれたの。その光で描かれたような絵の力で、わたしはまた、生きていくことが出来るようになったの。世界が美しいものだということを思い出すことが出来た。夜はいつかきっと明けて、世界は再び光に包まれる、ということもね』――たくさんあった花の絵は、人生の長い旅を続けるうちになくしてしまい、手元に残ったのは、いちばん気に入っていたこの赤い薔薇の絵だけなのだそうです。こちらがその、天使が描いた絵だそうです――」

居心地の良さそうな居間の壁に飾られた一枚の小さな絵のそばで、ローズが微笑んでいる。それはニュースの写真よりも若い頃のローズで、田舎のおばさん然とした、親しみやすい笑みを口元に浮かべた女性だった。

薔薇の絵はたしかに、あのとき苑絵が描いたものだった。パステルで描いたたくさんの花の絵の中の、一輪の赤い薔薇の絵だ。この絵がいちばん好きだと少女が朝の光の中で抱えていた、小さなキャンバス。そこに描かれた花に寄り添うようにして、ローズは幸せそうな笑顔を浮かべているのだった。

(完)

あとがき

これは折に触れ、お話ししていることなのですが、わたしはいつも物語を考えるとき、「頭で」考えるのではなしに、自然とラストまで見えてきたものをパソコンで書いています。

物語が勝手に浮かんできて、ころんと形になって降ってくるので、意識して「考えて」作り上げているのではないのです。

どこか違う世界から、自分を依り代に物語の魂が降ってくるのを受けとめて、この世界のこの国の言葉にして、わたし以外のひとにも読める形に定着させている感じ。

ただ、物語の元は圧縮されて降ってくるので、それを解凍しながら書いていくのに時間と体力が必要な感じですね。

一瞬で浮かぶ事柄なのに、この世界のリアルな言葉や文字に置き換えると、思いもよらないほどの分量に膨らんで、キーボードの前で、こんなはずでは、と頭を抱えることも多いです。

で、パソコンに一度打ち出した物語を、今度は他人の目になって、文章を磨いたり、矛盾点を整えたり、いろいろと演出していったりして小説として完成させます。

それがいつもわたしがしている小説の書き方です。

ほかの作家さんの仕事の進め方はまた違って、いろいろとあると思います。いちから頭で考えて、論理的に組み立てて書かれる方も多いようですね。

こう説明すると、わたしの小説の書き方は、オカルトの世界の産物みたいな話になってしまいますが（そういう解釈ももちろんありですし、楽しいかとは思いますが）、実のところ、子どもの頃から読んできた本や漫画、触れてきたテレビドラマや映画、アニメにゲームなどの物語の蓄積から、無意識に物語を作り上げているのではないかな、と自分では思っています。

で、面白いのは、物語を解凍しつつ膨らませてゆくとき、特に長編においては、勝手にキャラクターが舞台の中で動いてゆくので、いよいよ頭では考えていないということですね。

自然と脳内で続いてゆくキャラクターたちの会話を、ふんふんと腕組みでもしながら聞いていて、なるほどね、とか、うなずいていたりします。

キャラクターの会話や、独り言は、日常の中でふと思わぬタイミングで始まったりするので、お皿を洗いながら渚砂の愚痴を聞いたり、散歩しながら一整君の長い独白に耳を傾けたりします。そんな言葉の数々を忘れないように気をつけたりメモしたりして、つなぎ合わせて、小説を完成させてゆく感じです。

そんな風に書いていくので、たとえばある作品が好評だからと、ずっとずっとその物語を書き続けていく、なんてことは難しいです。

何しろ、いつどの話の言霊が降ってくるかわからないのですから。求めている物語がやってこないときは、あの言霊よ降ってこい、降ってこい、と、雨乞いをするように、祈願するしかない感じで。

でも基本的には、これできっちり終わったと思えるときは、無理に言霊を召喚せずに、もうそのお話とはさよならをします。

そんなわけで、桜風堂書店と月原一整の本にまつわるちょっと不思議な物語は、この『桜風堂夢ものがたり』二巻までで、いったん完結です。

本編である、『桜風堂ものがたり』が『星をつなぐ手』で完結したあと、番外編として、楽しく、一整君たちみんなのお話に耳を傾けて、小説にしてきましたが、どうやらここまでおしまいのようです。

月原一整が、そして苑絵や渚砂が、ここまででもう良いです、と笑っていうからです。

自分たちにはもう何も語ることはないですよ、と、笑顔で。

なので、いったん彼らとは、ここまでさよならを。

とはいいつつ、桜野町のほかのひとびとや、猫のアリスたちは、まだちょっと話したいこともあるようなので、いつかどこかで、何かの折にその後の話を書くこともあるやもしれません。

それはもう、言霊次第ですね。

ずっと未来になって、今回登場した、とあるキャラクターの娘が大きくなる頃には、たとえば、その子を主人公にした、書店を舞台にしたホームドラマのような、あるいは、山で暮らす彼女を主人公にした少し不思議な児童文学のような、また違った物語が描けるかもしれませんが、それもまた、言霊次第、ということになります。

日々、暗い話題ばかりがどうしても目立つ昨今の書店業界、できることなら未来のその頃にはもう悲しいことはなく、明るい話題で彩るような物語が降ってくるように、そう願います。

そしてできれば世界がいまよりも平和になっていますように。

美しい表紙をいただいた、げみさん。そして、デザインの岡本歌織さん（next door design）、この一冊を、そしてこれまでの桜風堂ものがたりのシリーズを美しく彩ってくださって、ありがとうございました。

校正と校閲の鷗来堂さんには、今回もお世話になりました。このシリーズに、そしてたくさんの拙著にいつもお力を貸してくださって、ありがとうございます。

ＰＨＰ研究所のＹさん。物語が完結することを寂しがり、惜しんでくださって、ありがとうございました。

最後になりましたが、ここまで応援してくださった、書店員の皆様、図書館関係者の皆様、そして、読者の皆様。

心から、感謝しています。一整君たちも寂しがりつつ、世界のどこかの桜野町から、ありがとうございました、さようなら、と、笑顔で手を振っていることと思います。
いまはさようなら、またいつか、きっとどこかで、と。

二〇二五年二月六日
長崎市には珍しい雪の日に

村山早紀

初出
本書は、月刊『文蔵』二〇二三年七・八月号〜二〇二四年九月号に連載された作品に加筆・修正したものです。

〈著者略歴〉

村山早紀（むらやま　さき）

1963年、長崎県生まれ。『ちいさいえりちゃん』で毎日童話新人賞最優秀賞、第4回椋鳩十児童文学賞を受賞。

著書に、「シェーラひめのぼうけん」シリーズ（フォア文庫）、『百貨の魔法』（ポプラ文庫）、「コンビニたそがれ堂」シリーズ（ポプラ文庫ピュアフル）、「風の港」シリーズ（徳間書店）、『約束の猫』『100年後も読み継がれる　児童文学の書き方』（以上、立東舎）、『不思議議カフェ NEKOMIMI』（小学館）、『さやかに星はきらめき』（早川書房）、『街角ファンタジア』（実業之日本社）、『桜風堂ものがたり（上・下）』『星をつなぐ手』『桜風堂夢ものがたり』、「かなりや荘浪漫」シリーズ（以上、PHP文芸文庫）などがある。

XID：@nekoko24

桜風堂夢ものがたり2
時の魔法

2025年4月25日　第1版第1刷発行

著　者　　村山早紀
発行者　　永田貴之
発行所　　株式会社ＰＨＰ研究所
東京本部　〒135-8137　江東区豊洲5-6-52
文化事業部　☎03-3520-9620（編集）
普及部　☎03-3520-9630（販売）
京都本部　〒601-8411　京都市南区西九条北ノ内町11
PHP INTERFACE　https://www.php.co.jp/
組　版　　朝日メディアインターナショナル株式会社
印刷所
製本所　　TOPPANクロレ株式会社

ISBN978-4-569-85900-2

PHP文芸文庫

星をつなぐ手

桜風堂ものがたり

村山早紀 著

小さな店だからこそ大きな悩みがある。田舎町の書店で起こる優しい奇跡を描く、全国の書店員が共感した感動の物語。

PHP文芸文庫

桜風堂夢ものがたり

村山早紀 著

桜風堂書店のある桜野町に続く道。そこには不思議な奇跡が起こる噂があった。田舎町の書店を舞台とした感動の物語。